La Reine Austère

En Traversant la Porte

Darwin Arraiz

Absolute Author Publishing House

La Reine Austère

Ce livre est pourtant une œuvre de fiction. Les noms, personnages, lieux et incidents sont des produits de l'imagination de l'auteur, ou utilisés de manière fictive. Toute ressemblance avec des événements réels, des lieux ou des personnes vivantes ou décédées est entièrement fortuite.

Société d'édition: Absolute Author Publishing House
Auteur: Darwin Arraiz
Éditrice: Maryam Jamiu Aminu
Éditrice de ligne: Phillipa Haskins
Conceptrice de couverture: Rebeca
Traducteur espagnol: Darwin Arraiz
Traductrice français: Inès Azouz

Library of Congress Cataloging-in-Publication Data
Arraiz, Darwin
La Reine Austère / Darwin Arraiz
p. cm.

Paperback ISBN: 978-1-64953-357-9
Ebook ISBN: 978-1-64953-354-8

1. Thriller 2. Fantaisie

DÉDICACE

À vous, qui aimez découvrir de nouveaux mondes et vivre de formidables aventures à travers la lecture, et vous me donnez l'opportunité de vous apporter ces nouvelles réalités.

TABLE DES MATIÈRES

CHAPITRE UN

Sandra Leville marchait aussi vite qu'elle le pouvait sur un trajet qu'elle regrettait déjà d'avoir pris. Ce ne fut qu'à mi-chemin qu'elle réalisa que cette rue était utilisée pour les réunions de gangs. En d'autres termes, elle envahissait un territoire.

Elle garda la tête haute, serra fermement son sac contre sa poitrine et mit l'enregistreur en marche au cas où les choses tourneraient mal. Il devait y avoir des preuves. Sandra portait un haut rouge à col bateau et un jean bleu, permettant de facilement l'identifier, ce qui était à la fois un avantage et un inconvénient. Un avantage si elle se faisait identifier par les bonnes personnes et un danger si elle était reconnue par les membres du gang.

Elle prit une profonde inspiration. Elle pouvait apercevoir un groupe de sept personnes la devançant de peu. Pour éviter de se faire prendre pendant qu'elle observait la scène, Sandra se déplaçait précautionneusement le long d’un mur. Trois d'entre eux portaient des pyjamas et des sweats à capuche, tandis que les autres portaient des tee-shirts de couleur sombre. Elle procéda avec calme et prudence, afin d’écouter ce dont ils discutaient sans trop attirer l'attention.

Le gang était constitué d'adolescents qui, selon ses estimations, ne devaient pas avoir plus de 18 ans. Certains se sont approchés et elle pouvait précisément entendre de quoi ils parlaient. L'un des gars, en tee-shirt marron, se plaignait de la façon d’opérer du gang. Il disait qu'ils étaient en train de s’exposer à de grands risques d'arrestation et que cela ne leur rendait pas service puisqu'ils se sont déjà faits arrêtés deux fois.

Un deuxième type l'a immédiatement contré. "Si nous ne prenons pas de risques, comment allons-nous atteindre nos buts ?"

"On se dispute sur quoi déjà ?" dit une troisième voix féminine.

Sandra a regardé attentivement. La fille était plutôt grande et mince. Elle portait une casquette de baseball et une paire de jean avec un bracelet qui brillait légèrement dans l'obscurité.

Sa question provoqua un silence de quelques minutes. Puis l'un d'entre eux finit par parler.

“La question est claire, faut-il ou non changer l’ordre des activités prévues dans notre plan.”

"Je ne pense pas. Nous devrions juste modifier les lieux des opérations déjà prévues."

Silencieux mais attentif durant la conversation, l’un d’eux s'éclaircit la gorge. Tous les regards se sont tournés vers lui, et la bande attendait en silence ce qu'il avait à dire.

"On nous appelle le gang des Leo pour une raison. On n’a pas peur, on n’hésite pas. Une fois que l’on se décide sur une tâche à accomplir, on y va à fond. En revanche, nous faisons preuve de prudence, car nous connaissons les conséquences de nos actes, et nous savons que celui qui s'échappe vivra pour lutter un autre jour."

Sans aucun doute, il s’agissait du chef de la bande.

Ils ont tous hoché de la tête et joint leurs mains pour former un cercle, le leader se tenant au milieu. Soudain, quelque chose d'inattendu se produisit. Une sorte de boule de feu apparut, circulant au-dessus d'eux, les encerclant trois fois. Puis, l'un après l'autre, ils commencèrent à disparaître.

Sandra était stupéfaite. Que se passe-t-il ? Elle se remémorait les histoires les plus absurdes et les plus obscures qu'elle ait connues en tant que journaliste. Elle avait déjà vécu des expériences incroyables, pourtant, cette situation lui était complètement nouvelle. Elle n'avait jamais vu quelque chose de pareil auparavant.

Elle ne pouvait plus détacher ses yeux du groupe qui disparaissait. Seul le chef de bande était resté. Il leva les yeux droits dans la direction de Sandra, puis croisa son regard en souriant de manière sournoise. Puis il jeta un coup d'œil à la boule de feu qui circulait toujours et fit un signe de la tête à la jeune femme.

En un instant, il a disparu.

Sandra se frotta le corps pour se débarrasser de la chair de poule. Pourquoi tout ça ? A-t-il transmis un message à la boule de feu ? L'a-t-il considérée comme une menace ? Une intruse ? En savait-il plus ? Qui était exactement le gang des Lions, et dans quoi venait-elle de s'embarquer ?

Elle ajusta son haut, prit une grande inspiration et courut sur le chemin qui menait vers chez elle.

Quand elle fut arrivée, elle balança tout ce qu'elle portait dans la machine à laver. Debout, s'appuyant sur le mur, elle regardait la machine car elle ne pouvait l'allumer.

Elle ferma les yeux et se remémora ce qu'elle venait de voir. Qu'auraient-ils fait s'ils m'avaient vu ? Quel était le mode opératoire du gang, et quel est le lien avec la magie ?

Difficile d'avaler cette histoire. Elle sortit un yaourt du réfrigérateur. C'était juste un étrange aléa, a-t-elle rationalisé. Elle ne voulait pas y attacher trop de signification. En plus, il y avait plus de recherches à faire sur un dossier qu'elle avait récemment reçu. Cela lui suffisait largement, elle n'avait pas besoin d'autres sources de stress.

La lumière de sa cuisine s'est éteinte puis rallumée presque immédiatement. Elle regarda autour d'elle. Cela ne pouvait pas être une panne de courant, ou l'était-ce...

Elle secoua la tête. Elle se faisait probablement des films. Puis ça se reproduisit de nouveau. Et encore une troisième fois au bout de cinq minutes.

Elle se lécha les lèvres et pressa ses paumes l'une contre l'autre. Que se passait-il dans sa cuisine ? Elle s'avança sur la pointe des pieds et s'arrêta à l'entrée. Rien d'anormal. Elle éteignit les lumières, puis elle a attendu que quelque chose se produise. Une minute, deux... Rien. Alors qu'elle était sur le point d'apprivoiser son angoisse en rallumant la lumière, elle entendit un son grave. Cela ressemblait à des pleurs et à un hurlement en même temps.

Elle regarda par la fenêtre de sa cuisine. Il n'y avait personne.

Elle secoua la tête, laissa échapper un bâillement et alluma les lumières. Ce qui était là se révélerait en temps voulu, tout comme les histoires cachées sur lesquelles elle tombait chaque jour. Elle a donc pris une saucisse du frigo puis elle est sortie.

C'était le premier signe. D'autres ont aussi eu lieu, mais ils étaient plus subtils. Jusqu'à ce qu'ils ne le soient plus.

La montée dans le bus puis l'arrivée au siège du VCN, au cœur de la ville, était un processus intense. Le trajet était généralement bondé de monde, et si vous vouliez vous garantir un siège, il fallait réserver le plus tôt possible, parfois aussitôt que la grande aiguille de l'horloge passe de onze à douze, signifiant le début d'un nouveau jour.

Sandra avait un petit sac à main pouvant contenir les objets de base dont elle avait besoin - un téléphone portable, un enregistreur, un appareil photo compact ainsi qu'une petite bouteille de miel dilué avec de l'eau pour l'énergie, ce dont elle aurait beaucoup besoin.

Son collègue et ami, William Pittsburg, était plus anxieux qu'elle à propos de leur enquête. Il faisait de son mieux pour le cacher, mais cela ne faisait que rendre le trouble plus évident. Il poussa un soupir de soulagement quand il l'a vit entrer au bureau.

"Je pensais qu'il t'était arrivé quelque chose."

Elle sourit et mit ses mains dans les poches de son manteau.

"Tu devrais te détendre. L'enquête n'a même pas encore commencé et tu penses déjà que j'ai été kidnappé ?"

Il s'est mordu la lèvre. "Eh bien, pas exactement."

"Est-ce que Lise est là ?"

"Oui, elle compile les dernières infos."

"Alors allons-y."

Elle prit de l'avance, tandis que Will la suivait de près, le front en sueur.

"Salut, Lise."

Élisabeth leva les yeux, comme pour reconnaître leur présence.

"Bonjour, Will, Sandra. Tout est prêt."

Ils prirent tous deux une profonde inspiration. Sandra ressentait un mélange familier d'excitation et de frisson associé à l'anxiété. Si tout se passait bien, cette affaire deviendrait virale, et des mesures pourraient enfin être prises. Mais si ça tournait mal, si ça tournait mal... Elle ne voulait même pas y penser. Elle devait garder son optimisme, au moins jusqu'à ce que la véritable enquête commence.

"Je vais donc relire tout cela une fois de plus, et vous me direz si quelque chose ne va pas", dit Élisabeth en écartant la mèche de ses cheveux roux qui lui obstruait la vue. Élisabeth était une femme ronde d'âge moyen. Elle travaillait pour VCN depuis ses dix-neuf ans et a rapidement gravi les échelons grâce à son dévouement et à ses compétences. Après cinq années de travail dans différents départements du VCN, elle s'était pleinement lancée dans le journalisme d'enquête. Elle faisait maintenant partie des meilleurs fonctionnaires du département et c'était un plaisir de travailler avec elle. Ce n'était pas à cause de son indulgence, mais bien parce qu'elle vous mettait la pression jusqu'à ce que vous fassiez de votre mieux. Cela dit, vous pouviez être sûr d'obtenir tout son soutien et les facilités dont vous aviez besoin.

"Artemis est un groupe politique terroriste qui a des liens avec des personnalités influentes majeures. En même temps, ils sont subrepticement impliqués dans une tonne d'affaires louches, sous couverture de sociétés de services de vente au détail et d'immobilier."

Elle fit une pause pour capter leur regard. Sandra et Will acquiescèrent de la tête.

"Alors, c'est aujourd'hui la session d'interviews ?"

"Je pense que oui", a répondu William.

Elle jeta un coup d'œil à Sandra.

"On verra. Ça pourrait s'avérer être beaucoup plus."

Elle sourit.

"Bonne chance à vous deux. N'oubliez pas de garder vos portables allumés au cas où la situation s'intensifie."

"Oui, on le fera."

Elle les salua d’un signe de tête et retourna vers son ordinateur.

Le véhicule officiel les conduisit hors du bâtiment et s'arrêta dans un lieu tenu secret, où ils montèrent dans une autre voiture privée. William joignit ses mains et prit une inspiration, puis il se tourna vers Sandra, qui souriait elle aussi et lui serra les mains.

"C'est bon."

En prononçant ces mots, elle commença à se demander pourquoi elle n’était pas vraiment inquiète du fait que les choses pouvaient mal tourner. Elle était cependant consciente qu’ils entraient dans une zone dangereuse. Sandra avait profilé ce groupe ; ils étaient responsables du parrainage des élections d'une poignée de membres du corps législatif et avaient donc une influence sur les personnes nommées à tel ou tel poste.

Prendre le taureau par les cornes, ça ne la dérangeait pas. Par contre, elle aurait dû se donner plus de peine, sachant que ce groupe était responsable d'un génocide. En effet, ils sont l’épine dorsale d'une société pharmaceutique appelée Rafael & Sons, qui a récemment été poursuivie en justice. Ce groupe a produit des médicaments provoquant des complications cardiaques et des crises d'épilepsie dans les heures suivant leur consommation.

La société a été poursuivie en justice, mais à cause de l'aide d'Artemis, les preuves ont été détruites, les victimes ont été intimidées et certaines ont même été menacées pour les faire taire. Finalement, l'affaire fut classée sans être menée à terme. Les rapports indiquaient que les médicaments avaient été retirés du marché. Mais l'enquête a démontré que ces derniers ont simplement été renommés, et que les effets secondaires liés à leur prise sont toujours aussi répandus. C'était le piège qu'ils comptaient utiliser pour attraper Artemis, ou du moins, les exposer à un prédateur qui serait prêt à les arrêter.

Le trajet a duré une heure et demie, et le véhicule s'est arrêté à environ cinq mètres du bâtiment. Sandra s'est retournée vers William.

"Souviens-toi de ce qu’on a dit.”

Il hocha positivement de la tête. Les signes de nervosité avaient finalement disparu, et il avait l'air aussi confiant que sa partenaire.

Sandra réajusta son manteau puis alluma l'enregistreur. La journée allait être longue.

Le siège social d’Artemis était bien équipé pour une société immobilière... D’autant plus que ce n’en n’était pas une... Sandra pensa que le groupe avait consacré beaucoup trop de temps à créer cette couverture.

L’investissement en valait probablement la peine puisque c’était leur principale façade. La réceptionniste vérifia dans ses dossiers puis leur fit signe de monter à l'étage. Entre courbes et spirales, l'escalier prenait différentes directions. Il les conduisit à une petite pièce, qui s'avérait être un ascenseur. William chercha le numéro de la salle vers laquelle ils se dirigeaient.

"C’est écrit cinquième étage."

“On est au septième là.”

“Ça doit être au quinzième alors.”

Sandra cligna des yeux.

"Cet ascenseur ne peut monter que jusqu’au dixième étage."

William hocha de la tête. Ça fait beaucoup pour la sécurité.

Le dixième étage donnait l’impression d’être dans un autre immeuble. Le carrelage était différent, l'atmosphère plus froide et les pièces plus isolées. Il n'y avait personne mais plusieurs portes étaient visibles.

Sandra mis sa main dans son manteau, puis elle observa autour d'elle, son regard se posant sur William.

“Quelle porte ?”

“Deuxième à gauche, avant la grande salle.”

“Et donc...?”

Elle pointa vers la droite. "Je pense que c'est la prochaine."

"Ouais."

Ils frappèrent deux fois, puis la porte s'ouvrit pour en révéler une autre.

"Ça demande un code pin", dit William.

“On l’a.”

Elle saisi la combinaison 162-143.

Ils croisèrent enfin un humain.

“Quinzième étage ?”, demande-t-il.

Ils ont tous les deux acquiescé.

Il pointa du doigt l'ascenseur qui se trouvait sur leur gauche.

Avant de les laisser passer, l'ascenseur scanna leurs visages.

De ce qu’ils ont remarqué jusqu'à présent, le quinzième étage était le plus fréquenté. Ils apercevaient une forte concentration d’employés et d'ordinateurs. Sandra composa le numéro de la personne qu'ils étaient venus voir.

Dès que ça a commencé à sonner, l’appel s’est coupé.

“Lise a dit que ça veut dire qu’il est prêt", a-t-elle chuchoté à William.

"Je le suis aussi", répondit-il.

"Bonjour. Nous sommes ici pour un entretien."

Les yeux de l'homme brillaient derrière ses lunettes. Il avait une quarantaine d'années, mais l'air d'en avoir au moins cinq de plus.

"Vous êtes Sandra Leville, et lui, William Pittsburg."

Ils ont tous les deux feint l'indifférence. C'était peu probable qu'il ne sache pas que ces derniers allaient lui rendre visite, même si c'était l'idée à la base.

"Nous aimerions vous poser quelques questions", dit Sandra.

Ses pupilles se sont dilatées. Il n'était pas habitué à un discours aussi direct de la part d'inconnus.

"Et vous pensez que je suis disponible ?"

"Nous voulons clarifier quelques points", a dit William.

L'homme hocha de la tête.

"J'ai peu de temps."

"Je vais essayer d'être aussi bref que possible... Si vous coopérez avec nous, bien sûr."

L'homme se relâcha sur sa chaise, puis il se croisa les doigts.

"Je m'appelle James."

"Nom de famille ?", a demandé William.

"Ce n'est pas important."

Sandra le fixait en se tapotant les lèvres.

"Artemis a des liens avec Rafael & Sons. En 1982, vingt mille dollars ont été virés de cette société dans le but de financer l'installation du siège de l'entreprise. Le 17 septembre 2002, mille-cinq-cents dollars ont été virés sous le titre de 'distribution des bénéfices'".

"Depuis lors, nombreux sont les transferts de fonds entre ces deux entreprises qui gardent une communication constante. En 2007, par le biais du compte de Simon Bales, Rafael & Sons a viré sept mille dollars à Artemis, cinq mille dollars supplémentaires le même mois, puis quarante-sept mille dollars la semaine qui suivit."

"Deux mois plus tard, Artemis a reçu cinquante-mille dollars. Le cinq du mois plus précisément. Le transfert le plus récent a eu lieu deux semaines après que Rafael & Sons fut accusé et devait donc comparaître devant le tribunal. Une somme de soixante-dix-mille dollars, sous couverts de contrats en vigueur".

"Nous aimerions savoir ce que vous avez à nous dire sur le lien entre Artemis et les produits pharmaceutiques de Rafael & Sons. Aux dernières nouvelles, Artemis est une société de gestion immobilière et de vente au détail."

James se recula dans son siège puis se frotta les paumes de mains l'une contre l'autre.

"Puis-je vous demander si vous avez une idée sur la répartition des dix-sept mille dollars ?"

William et Sandra ont échangé un regard.

"Nous n'avons pas encore décidé si cette information est nécessaire", répondit Sandra.

Il sourit.

"Bon, comme vous le savez, Artemis est une société de vente au détail et d'immobilier, mais nous sommes aussi impliqués dans de nombreux partenariats, et certains sont officieux. Nous travaillons selon un haut degré de confiance."

Il insista particulièrement sur le mot "confiance".

Sandra approuva d'un signe de tête.

"La confiance inclut-elle les transferts reçus et envoyés ?"

"La confiance et le partenariat commercial résultent en l'accumulation de bénéfices."

Sandra tapa des ongles sur la table.

William acquiesça.

"Pouvez-vous nous parler de l'implication d'Artemis dans la construction du siège de Rafael & Sons ?"

"C'est un partenariat."

"Vous sous-entendez que Rafael & Sons et Artemis sont partenaires ?" demanda William.

James s'avança légèrement. "Pas exactement."

"Écoutez, nous essayons de définir la relation des deux entreprises, vous devez donc nous indiquer clairement quel est le lien entre celles-ci."

"Sandra, nous coopérons seulement pour faire progresser les deux entreprises."

"Parfait."

"Artemis ont-ils une idée de ce que Rafael & Sons livre comme médicaments et produits pharmaceutiques ?"

"Quel type de produits pharmaceutiques Rafael & Sons pourraient-ils livrer ?"

Sandra secoua la tête et se tourna vers William.

"Après la création de Rafael & Sons, la première année, il y a eu beaucoup de communication entre l'établissement de Van Hout en Islande et le siège ici à Londres. Cela ne pouvait être que purement amical, vous êtes d'accord. S'agissait-il de mettre en place un baron de la drogue puis une éventuelle société pharmaceutique ?"

"En grande partie, il s'agissait d'offrir une opportunité saine aux deux entreprises pour qu'elles prospèrent".

Sandra acquiesça.

"Pour être plus précis, vous voulez dire l'entreprise du baron et la nouvelle société pharmaceutique Rafael & Sons ?"

"Exactement."

"Comment évaluez-vous l'impact du partenariat sur le succès des deux entreprises ?"

"Oh. Plutôt exceptionnel. Depuis, les deux établissements ont beaucoup progressé dans leurs activités et ils font de grosses marges."

"Pourriez-vous nous expliquer en détail comment ils ont atteint ce niveau de progrès ?"

"À vrai dire, c'est assez simple".

Il poursuivit en leur expliquant avec plus de détails - détails que les journalistes n'auraient jamais pensé obtenir - la manière dont ces entreprises s'entraident.

Avec toutes les informations que James déballait, Sandra avait le pressentiment qu'ils n'allaient pas quitter l'endroit lucidement, ou qu'ils n'allaient tout simplement pas repartir, ou peut-être même que ces informations se retourneraient contre eux deux.

Sandra se retourna vers William, qui encore une fois acquiesça.

Elle s'assura que l'enregistreur était toujours en marche et posa plusieurs autres questions. Au cas où elle ne s'en sortirait pas, et que l'on retrouve l'enregistrement, Sandra voulait s'assurer qu'il contienne une conversation pertinente.

"Vous avez mentionné quelque chose à propos d'un autre magasin où Rafael & Sons gardent les recettes des transactions avec Van Hout. Pourriez-vous nous indiquer le lieu ou, mieux encore, nous proposer une visite virtuelle ?", demanda William.

"Si je peux ? Je ne connais pas l'endroit exact, mais je sais que c'est en plein air, tout en étant caché."

"Cette conversation nous a beaucoup aidés. Avant de terminer, on voudrait demander, y a-t-il quelque chose que nous devrions savoir sur les fondateurs et les sponsors d'Artemis ?"

"Soyez précis."

"D'accord, qui sont les fondateurs d'Artemis, et quels sont leurs objectifs ? Qui sont les sponsors actuels, et qu'ont-ils à gagner ?"

"Les fondateurs d'Artemis sont des citoyens d'Artemis. Je veux dire, des indigènes d'Artemis. Ils ont conçu cet établissement et lui ont donné vie avec intelligence et engagement. Ce sont les Artems."

"Et les sponsors ?"

"Ils viennent de tous les milieux, mais ils sont forts et puissants. Se sont des personnes occupant des postes liés au pouvoir, à la santé, à l'administration, à la sécurité et à la gouvernance. Partout. Parfois, nous perdons le compte."

Sandra alluma son portable depuis sa poche pour alerter le bureau.

"C’était agréable de discuter avec vous."

Il secoua la tête puis composa un code.

"Vous ne pensez pas vraiment que vous allez sortir, n'est-ce pas ?"

C’est ainsi que tout a commencé.

CHAPITRE DEUX

Sandra se tourna vers William. Il frotta ses paumes l'une contre l'autre puis il pressa la pointe de son stylo. Il s'agissait là d'une autre alerte destinée au quartier général.

Ça va aller vite, a-t-il pensé.

James se rassis et les regarda droit dans les yeux.

"Cela fait si longtemps que je n'ai pas été interviewé par des gens qui ont fait leurs recherches aussi minutieusement." Il prit une pause pour regarder le plafond. "En fait, cela fait tellement longtemps que je n'ai pas été interviewé. Et je dois dire que je suis assez impressionné."

"Sandra, j'admire votre esprit et votre charisme, vraiment. Mais je crois que vous devriez aussi le savoir quand une situation devient dangereuse. Qu'en pensez-vous, William ?"

William émit un son dédaigneux.

"Eh bien, j'apprécie le fait que vous soyez venus. Avec de tels esprits d'enquêtes, ensemble, nous pourrions faire des merveilles, l'équipe pourrait vraiment bénéficier de journalistes réputés. Mais d'abord, j'aimerais vous montrer comment les choses pourraient mal tourner si vous décidez de compromettre le mouvement."

Nerveuse, Sandra ne laissait pourtant paraître aucune expression faciale alors que son esprit, lui, passait en revue toutes les échappatoires possibles et une manière de communiquer ses pensées à William.

Elle avait envisagé la situation. Mais, l'attaque n'était censée arriver qu'au moment de la sortie et non pas à l'intérieur du bâtiment.

Elle espérait un signe de Lise. Mais même si cette dernière envoyait des agents, il n'y avait aucun moyen pour eux d'accéder au quinzième étage sans passer par la réceptionniste, et sans une grosse dose d'effort, et là encore, cela leur prendraient trop de temps. Un temps dont le binôme ne disposait pas assez.

La porte s'ouvrit pour révéler deux personnes masquées. Sandra devina qu'il s'agissait d'un homme et d'une femme. Les deux paraissaient costauds et bien entraînés.

"Faites-les visiter", dit James.

Sandra fit signe de la tête à William. Il fallait qu'ils jouent le jeu. Les gardiens les guidèrent vers la sortie, l'un derrière Sandra et l'autre derrière William. Ils passaient par un autre chemin que celui pris plus tôt dans la matinée.

Il y avait un escalier derrière l'une des pièces qui les menait dehors. Avant de prendre l'ascenseur, on leur banda les yeux et on leur masqua le visage.

L'étage où ils étaient arrivés était vraisemblablement plus calme. L'atmosphère y était plus chaude. Sandra comptait ses pas. Cent-cinquante jusque-là. Ils ont pris à gauche, puis tout droit. Son portable vibra. Elle savait que c'était Lise. Ils avaient probablement du mal à les joindre.

Après quelques minutes de marche, on leur a retiré les masques. La salle avait une ambiance particulière, comme si elle était pleine de magie et de sortilèges. Sandra sentait une présence humaine, mais elle ne voyait personne.

“Voici la Salle des Répercussions.”

Un fin rideau fut retiré, et ils aperçurent des personnes qui semblaient figées dans le temps.

“Voilà ce qui arrive quand vous essayez de faire fuiter des informations. Les sanctions varient en fonction du délit commis.”

Sandra jeta un coup d'œil à William dont le front paraissait pâle.

Elle aussi était anxieuse, mais il était hors de question que ça se voit. Cela ne ferait que satisfaire les gardiens de savoir que leur manœuvre fonctionnait. Elle gardait la tête haute et leur posait des questions comme s’il s’agissait d’une conversation ordinaire.

“Combien de temps peuvent-ils rester ainsi ?”

“Ça dépend de la gravité du crime et de la punition,” répondit la femme.

“Par contre, le plus court séjour est de deux ans. Certains restent jusqu'à dix ans."

Elle prit une profonde inspiration. Dix ans.

“Comment les gardez-vous dans cette position ?”

Les deux gardiens sont restés silencieux, se regardant l’un l’autre.

“Eh bien, c’est bien plus que physique.”

Sandra acquiesça de la tête.

On les conduisait vers d’autres parties de la pièce. Un homme était assis dans un coin. Il criait par intervalles et se frappait intensément.

“Quel crime a-t-il commis, lui ?” demanda Sandra.

“Très bonne question. Je suis content que vous demandiez.” répondit le garde.

“Il était exactement comme vous deux.”

“Pardon ?” demanda William.

“Oui, c’était un journaliste d’enquête. Il avait entamé des recherches en profondeur sur les activités d’Artemis, ses sponsors, ses fondateurs ainsi que son réseau. Comme vous, il était venu pour une entrevue”, la femme prit une pause et se tourna vers l’autre garde.

“On lui a offert l’opportunité de travailler chez Artemis, mais il a refusé.”

Ils se sont tous les deux retournés vers les journalistes. Aucun mot n'a été prononcé, aucune question n'a été posée, mais le message est clairement passé.

Ils devaient collaborer avec Artemis, ou ils allaient devoir subir les mêmes conséquences que cet homme.

William lança un regard à Sandra.

Elle calcula rapidement la situation. S'ils refusaient de collaborer, ils seraient arrêtés et punis. Par contre, s'ils disaient oui, ils auraient une chance de survivre, au moins pour la journée.

Mais ils seraient à tout jamais liés à Artemis.

“Pour quel type de travail Artemis nécessite mes compétences ?” demanda Sandra.

“Vous serez briefée par le département concerné. Sachez que vos services impliquent un travail d’investigation et probablement de l’espionnage.”

“Quand est-ce que je serais briefée ?”

“Attendez ici. Dans quelques secondes.”

Le gardien lui chuchota à l’oreille : “Vous avez fait le bon choix.”

Elle souria sournoisement et elle se retourna vers William, qui l’observait en retour, l’air de dire ‘Qu’est-ce que tu fou ?’

Souriant, elle jeta un coup d'œil à son portable. Il y avait des messages de Lise - la demande de mot de passe, le numéro de l’étage...

Elle vérifia sa montre, il ne leur restait qu’une vingtaine de secondes avant le retour des gardiens.

Elle tapa rapidement autant d’informations que possible pour les envoyer, en n’oubliant pas de crypter le message. Elle cliqua sur ‘envoyer’, la porte s'ouvrit au même instant et les deux gardiens firent leur apparition.

Elle prit une grande inspiration. Avec un peu de chance, ils s’en sortiraient avant que toute la procédure ne soit terminée.

Le briefing fut présenté par une demoiselle d’une vingtaine d’années. Sandra se reconnut dans le regard de cette dernière. La jeune femme était déterminée, mais aussi dotée d’une grande confiance en elle. Plus Sandra la regardait, plus le visage de la femme lui paraissait familier.

Elle n’a pas su y mettre un nom, mais le visage, elle était sûre de l’avoir déjà vu quelque part. Elle se retourna vers William pour confirmer cette impression et savoir si lui aussi sentait la même chose. Mais ce dernier avait baissé sa garde, comme s'il s’était dégonflé.

"Sandra, c'est une bonne chose que nous nous soyons déjà rencontrés avant, j'ai toujours voulu vous avoir dans l'équipe. Vous allez faire une superbe addition.”

Les pupilles de Sandra se dilatèrent - elle connaissait cette voix. Et même si elle était plus vive que dans ses souvenirs, elle restait familière.

“Votre première mission sera de nous apporter une liste de noms de journalistes investiguant sur Artemis.”

William cligna des yeux.

“Vous serez présentés à…”

Quelqu’un avait enfoncé la porte d’un coup de pied. William sursauta, Sandra regarda derrière elle et la demoiselle soupira en regardant les vigiles.

La scène reprit un rythme plus régulier après cette entrée dramatique. Les intrus, envoyés par Lise, demandèrent poliment que les reporters puissent partir.

"Eh bien, se sont nos reporters maintenant" a répondu la femme.

"On ne partira pas sans eux."

"Le fait que vous pensiez pouvoir quitter ce bâtiment m’impressionne" a-t-elle rétorqué avec un sourire narquois.

Sandra se leva et poussa l’ordinateur portable du pied hors du bureau. Elle jeta l'enregistreur vers les intrus, puis chuchota à William de les suivre. Il devait absolument sortir avec cet enregistrement, même si elle ne s’en sortait pas.

Il hésitait. Il ne pouvait pas la laisser ici ; ils étaient venus ensemble. Sandra soupira et lui dit :

"Tu as ta famille, ta fille Nancy voudra te revoir" lui dit-elle en serrant les dents.

Une expression du choc était visible sur les visages du personnel d'Artemis. Mais ils se sont rapidement repris et empêchèrent Sandra d'aller plus loin.

"J'aurais préféré que vous vous en preniez aux personnes qui ont l'enregistrement, vous ne pensez pas ?" dit la femme.

Les agents regardèrent Sandra, avant que l'un d'eux ne la tire par le bras. Les autres se lancèrent à la poursuite du groupe envoyé par Lise. Sandra savait où on l'emmenait.

La Salle des Répercussions. Cette fois, il n'y avait pas de bandeau sur les yeux, et elle pouvait voir le chemin qu'ils prenaient. Ce qui lui serait utile bien plus tard.

Elle ne montra aucune résistance quand ils la poussèrent à l'intérieur. Elle coopèra avec le garde qui lui tenait fermement le bras. Elle ne sentait plus cette partie de son corps, et elle vérifiait si son bras était toujours attaché.

"Asseyez-vous là."

Elle se lécha les lèvres.

Elle sentit que si elle allait s'asseoir, elle subirait les mêmes dommages que tous les autres. Mais elle ne pouvait pas s'enfuir. Cela l'exposerait à une punition bien plus grave.

Elle s'est souvenue du gardien qui disait que la durée du séjour dépendait de la gravité de l'infraction commise. Combien de temps valait la sienne ? Deux ans ou cinq ? Peut-être dix. Elle essayait d'être plus maligne qu'eux.

"Asseyez-vous" répéta le garde.

Elle s'assit.

La chaise portait une forte charge électrique. Les jambes de Sandra se figèrent, et le courant la traversa de la tête aux pieds. C'était chaud, et elle sentait la sensation de brûlure monter le long de ses membres - de ses genoux à sa taille, puis vers sa poitrine. Elle sentit la contraction. C'était comme si on lui enfonçait une lance brûlante dans le torse, puis qu'on la ressortait encore et encore. Sandra criait et serrait sa poitrine.

"Implorez ma pitié."

"S'il vous plaît !"

"Bien."

La vibration diminua.

"Maintenant, selon les instructions vous devez récupérer l'enregistrement et capturer toutes les personnes impliquées dans cette affaire."

Elle acquiesça.

"Je veux partir."

"Pas si vite. Vous devez être initié."

"Quoi ? C'est une secte ?"

"Vous posez trop de questions. Typique d'une journaliste."

Elle ferma les yeux. Le même son grave et perçant qu'elle avait entendu dans sa cuisine résonnait dans ses oreilles. Et, comme rejouant la scène, la lumière dans la pièce s'est éteinte puis rallumée.

"Qu'est-ce que c'est ?" demanda le garde à l'autre personne présente dans la pièce.

"Les coupures de courant sont inouïes."

"Est-ce que c’est incompatible avec la vibration ?" a-t-il demandé.

"Ça aussi, c'est du jamais-vu" répondit la personne.

Sandra serra ses genoux. Que diable entendait-elle ? D'abord, Artemis était une organisation secrète, maintenant elle semblait aussi être un établissement magique, fortement lié à des royaumes spirituels et sous-spirituels.

Le son est revenu et la vibration s'est déformée. Certains des prisonniers, gelés, ont bougé leurs membres, d'autres ont éternué.

"Qu'est-ce qui se passe ?!” c’était James.

Il poussa la porte. Ses yeux bleus laissaient deviner une rage noire trahissant l’océan de calme qui baignait son regard quelques heures plus tôt.

"Vous l'avez initiée ?"

"Non, tout a disjoncté alors que j'étais sur le point de commencer la procédure d'initiation."

James regardait Sandra furieusement.

"Il y a quelque chose que vous voulez nous dire ?"

Elle secoua la tête. Elle était tout aussi confuse, probablement plus que n'importe lequel d'entre eux. Elle ne savait plus sur quoi elle enquêtait ni pourquoi elle était ici en premier lieu.

"Essayez la deuxième option."

"Monsieur ?"

"Vous m'avez entendu. Essayez la deuxième option."

Le garde avança lentement vers elle. Sandra ne connaissait pas la deuxième option, mais la réaction du vigile laissait entendre que celle-ci allait être beaucoup plus douloureuse que la première.

Il sortit un poignard et un seau.

"Je suis désolé, mais nous allons devoir permuter votre conscience."

Elle hurla de terreur.

Il lui attacha les mains sur la chaise puis récupéra le bandeau qui était sur la table.

Avant qu'elle n'ait les yeux couverts, Sandra aperçut la boule de feu de la veille, celle qui tournait autour du gang des Léo, circulant dans la pièce.

Le garde fit tomber le poignard par terre au moment où le plafond du bâtiment se souleva.

Sandra savait que le poignard n'était pas ordinaire et qu'il ne devait certainement pas tomber par terre.

L'ambiance était frénétique. La boule de feu accélérait en circulant dans la pièce. Sandra acquit une forme d'énergie qu'elle ne pouvait expliquer.

Elle détacha les cordes qui la retenaient puis descendit l'escalier en courant. Les gardes étaient trop occupés par le chaos qui régnait dans le quartier général pour s'occuper d'elle.

Les marches qu'elle avait comptées plus tôt lui avaient été utiles, et elle réussi à quitter le quinzième étage. Quand elle fut arrivée au dixième, tout semblait normal.

L'atmosphère était calme. Le chaos se limitait donc aux quatre derniers étages. Elle prit une profonde inspiration. Son pouls était encore rapide et sa respiration irrégulière mais Sandra essayait d'agir normalement.

Quand elle quitta le bâtiment, elle poussa un soupir de soulagement. La voiture privée du VCN était devant, juste à l'endroit où elle devait être. Elle vérifia l'identité du conducteur puis monta à l'intérieur du véhicule. Juste avant que le bâtiment ne disparaisse de sa vue, elle y jeta un dernier coup d'œil.

Sandra fut surprise par le fait que, de l'extérieur, le bâtiment ne semblait avoir que dix étages. Elle ferma les yeux. Elle pouvait jurer qu'elle était au quinzième étage il y a quelques minutes à peine. Elle en était sûre. Elle n'hallucinait pas. Elle savait ce qu'elle avait vu.

Ou bien était-ce un étage secret ? C'est ça ? Elle ferma encore les yeux. L'agitation qu'elle avait ressentie se rejouait dans sa tête et elle en a sursauté. Dans le rétroviseur, le conducteur l'a regarda avec inquiétude. Elle secoua la tête et força un sourire.

Il acquiesça et se concentra de nouveau sur la route. Sandra ferma les yeux et se reposa sur l'appuie-tête. Le siège du VCN semblait plus loin qu'il ne l'était ce matin.

"Où va-t-on ?" demanda-t-elle.

"De retour au siège" a-t-il répondu en la regardant d'un air soucieux.

Elle sourit pour se rassurer plus qu'autre chose.

Elle allait bien. Elle n'imaginait pas des choses, et elle ne devenait pas folle. Elle allait bien.

Elle espérait maintenir cette conviction jusqu'à l'arrivée au bureau où elle rencontrerait de nouveau William et Lise.

"C'était beaucoup trop."

Sandra regardait Lise attentivement. Sa réplique portait un double sens de compliment et de réprimande. Il y avait quelque chose dans le ton que Lise ne saisissait pas. C'était...

"Sandra ?"

"Oui, je suis avec vous. Je vous entends."

Lise hocha la tête.

"Tu as l'air perdue."

Elle était effectivement perdue.

"Je vais bien. J'ai juste besoin de digérer tout ça."

"Vous savez quoi, vous pouvez rentrer chez vous. On fera le point demain."

Sandra se pinça les lèvres. Lise était une cheffe stricte, mais elle était aussi très compréhensive. Elle laissa échapper un petit soupir.

"Merci beaucoup, Lise. Bonne nuit."

"Bonne nuit."

Sandra se rappela d'éviter le chemin qu'elle avait emprunté hier. Elle en avait déjà bien assez bavé aujourd'hui. Elle ne supporterait pas un autre tour de magie ou quoi que ce soit de la part d'Artemis, du moins, pour le reste de la journée.

Il n'y avait qu'une chose à faire après une journée de torture - se doucher. Et c'était exactement ce qu'elle allait faire en franchissant la porte. Elle mis l'eau si chaude qu'elle sentait que ça lui brûlait la peau, mais elle en avait besoin, elle le voulait.

Ce n'était rien comparé à la douleur qu'elle avait ressenti lorsqu'elle s'était assise sur la chaise. Elle ferma les yeux et glissa ses doigts dans ses cheveux. Ses mèches formaient des frisottis à cause de l'humidité.

Elle continua de jouer avec ses cheveux, puis peu à peu, elle se sentit mieux. Elle était assez forte pour affronter le monde de nouveau. Au moins, il n'y aurait pas d'autres chocs pour la journée... du moins, elle l'espérait.

Après avoir mis son pyjama, elle se dirigea vers le salon et fut accueillie par nul autre que le chef du gang des Lions.

"Sandra. C'est bien ça ?"

Elle ouvrit grand les yeux et secoua sa tête.

Elle ne pouvait qu'être en train d'halluciner. Quoi ? Comment ?

Elle ferma fortement ses yeux. En les rouvrant, il était toujours là.

Elle prit une profonde inspiration. Il fallait qu'elle évite de montrer sa panique. Elle profita de cette opportunité pour observer de plus près le jeune homme en face d'elle. Il s'était mis à l'aise en s'asseyant sur le canapé et en choisissant une bouteille de vin dans son mini-bar.

"Je suis poli. Je vous ai attendu avant de me servir" dit-il en débouchant la bouteille.

Elle haussa les sourcils. Est-ce vraiment en train d'arriver?

Il prit une gorgée.

"C'est d'une excellente qualité. Ma foi, j'ai oublié les verres. Vous en voulez un ?"

Elle secoua la tête.

Ça ne peut pas être un autre rituel d'initiation, pensa-t-elle.

"Mais non ! Ce n'est pas comme ça qu'on procède à l'initiation" dit-il en souriant.

"Quoi ?"

"Je pense que vous devriez vous asseoir, Sandra. On ne peut pas avoir une vraie discussion ainsi."

Est-il en train de me donner la permission de m'asseoir dans ma propre maison, pensa-t-elle en humectant ses lèvres.

C'est une date qu'elle allait noter puis coller sur le mur. Sans inscription. Une date qui parlait d'elle-même. Beaucoup de choses se sont passées, trop pour tout écrire.

"Je sais que vous avez passé une dure journée, et que vous voulez probablement vous reposer, mais..."

"Qui êtes-vous ?"

"Je m'attendais à ce que vous me le demandiez bien avant. Je suis Dave."

"Dave, pourquoi êtes-vous chez moi ?"

"Lorsque vous êtes allée interroger les membres d'Artémis, je suis presque sûr que vous n'étiez pas aussi direct. Pour cela, je dois vous féliciter."

Elle n'en revenait pas.

"Est-ce que vous me surveillé ? Comment êtes-vous entré chez moi, et comment savez-vous pour mon entretien avec Artémis ?"

Il souriait.

“Vous devez savoir une chose Sandra, le temps et l’espace ne sont que les limites de l’esprit matériel. Quand on s’en débarrasse, plus rien n’est impossible.”

Elle secoua la tête.

“Peu importe. Pourquoi êtes-vous là ?”

Il fit une pause puis prit une grande gorgée de vin directement de la bouteille. C’était le genre de gorgée qui fit comprendre à Sandra que le chef imposait son propre rythme, et qu’elle devait le suivre.

"Pour vous souhaiter la bienvenue. Officiellement."

“Quoi ?”

CHAPITRE TROIS

Elle réajusta sa pose sur la chaise.

“Attendez, quoi ?” demanda-t-elle .

Il posa la bouteille vide sur la table et se détendit sur sa chaise, sans tenir compte de l’air perplexe de Sandra.

La pièce restait silencieuse. Sandra était toujours aussi inquiète et Dave, lui, bien calme.

Elle joignit ses mains et regarda vers le haut.

"M'accueillir officiellement dans quoi exactement ?"

Il sourit.

"On m'a fait comprendre que vous étiez intelligente. Je ne suis pas du genre à croire les choses sur-le-champ, mais je dois dire que c'est tout à fait vrai."

Elle plissa les yeux et croisa ses jambes.

"Vous l'avez dit vous-même, j'ai eu une longue journée et j'aimerais me reposer maintenant. Pourriez-vous conclure cette conversation ?"

"Bien sûr. J'ai des choses importantes à faire moi aussi. Vous avez été choisi pour rejoindre le gang des Leo. Votre subdivision fait partie du troisième rang. Vous vous occupez des situations complexes, mais aussi de terribles gangs comme..."

“Artemis?”

“Exactement.”

Elle prit une inspiration. Quel est le nom de ce gang, déjà ?

"Nous sommes les Leo. Nous dirigeons la jungle. Nous dirigeons le royaume. Nous ne prenons pas à la légère les erreurs commises par les membres de ce royaume."

Elle sourit.

Le gang des Leo.

“J’ai quelques questions.”

"Je serais surpris du contraire."

"Comment définir le gang des Leo ?

Comment la bande choisit-elle ses membres ?

Et si je ne veux pas en faire partie ?"

"Personne ne rejette une offre pour rejoindre Léo. Le groupe des lions et Leo n’acceptent pas le refus.

Leo est composé de personnes courageuses, intelligentes, volontaires, mais surtout désireuses de bien faire les choses. Nous avons d’autres critères pour choisir nos membres, mais sachez que chaque membre des Leo est imprégné par ces traits, certains à des degrés plus élevés que d'autres.

Vous ne demandez pas à faire partie des Leo. Leo vous intègre aux siens. Et quand Leo vous approuve, la boule de feu vous accompagne partout. Elle vous servira de protection et empêchera toujours l'un des siens d'être chassé.”

"Est-ce que les Leo chassent ?"

"Nous chassons les chasseurs et libérons les chassés."

Elle sourit. Le message était clair. Artemis était le chasseur, car il s’en prenait aux innocents et aux sans défense, tandis que Leo était censé libérer ces mêmes personnes et punir Artemis.

C'est alors que Sandra s'est souvenue de la dernière parole qu'elle avait entendue dans la voix de James avant qu'elle ne quitte le bâtiment.

Ça ne peut être que les Leo. Ils détiennent le feu.

Cette parole, se souvient-elle maintenant, portait un timbre de résignation. Un timbre semblable à celui d’un enfant indigné suite à une punition infligée par ses parents. Ainsi, Artemis connaissait Leo et vice-versa. Ils n'étaient pas rivaux, ils étaient... Enfin, peu importe ce qu'ils sont.

"Comment les Leo font-ils tout ça ?"

"Vous allez le découvrir maintenant, car vous commencez votre première mission comme l'une des nôtres."

Elle cligna des yeux.

"Comment Leo observe-t-il autant les mouvements d’Artemis ?"

"Dans la jungle, on a le prédateur et la proie. Le prédateur sert à contrôler la population de proies. La prédation n'est certes pas nocive pour la jungle, mais elle peut l'être pour la proie. Et le maître de la jungle n'est pas contre ce processus naturel, mais il est, bien évidemment, contre une exploitation excessive de celui-ci."

Il prit une autre bouteille de vin, une petite, puis il leva les yeux vers Sandra, avant de la boire d'un trait.

"À très vite, Sandra. Bye."

Puis il disparut, une étincelle de feu accompagnant sa sortie.

Elle expira.

D'abord, c'était Artemis, maintenant, c'est Leo. Est-ce qu'il y en a un troisième ? Ou peut-être un quatrième. Et si la liste était sans fin ? Dave utilisait la jungle comme analogie. Il y a de nombreux groupes dans la jungle, c'était donc possible.

Elle remua la tête. Il n'y avait qu'une seule chose à faire : des recherches.

Elle avait enquêté pour trouver des informations sur Artemis, et elle pouvait faire de même pour Léo, même si elle était convaincue que ses recherches n'allaient pas être aussi fructueuses.

Elle s'est préparé une tasse de café noir bien corsé, puis elle a posé son ordinateur portable sur la table.

Elle s'est connectée au site web de Falcon Eye. C'était un site de référence pour les journalistes d'investigation. On y trouvait des informations basiques, mais parfois aussi des résultats plus approfondis sur des organisations, des pays, ou même des études de cas.

Qui est le gang des Leo ?

La page est restée vide pendant quelques secondes, pour ensuite afficher un rouge vif.

Puis, l'image d'un lion blanc est apparue sur l'écran.

LE GANG DES LÉO

Léo, le lion de la jungle. Contrairement à d'autres gangs clandestins, l'origine de Leo est très floue. La source la plus récurrente indique cependant qu'une guerre a éclaté entre deux grandes sorcières, toutes deux soutenues par d'autres créatures sous-corporelles. Finalement, Le gagna et devint roi, tandis qu'Artemis fut condamné à une peine de prison. À la fin de sa peine, on lui permit de s'associer à d'autres membres de la communauté, mais il a surtout été autorisé à diriger un groupe.

L'histoire raconte que les indigènes craignaient qu'Artemis n'utilise son groupe pour semer le mal et le chaos, mais Leo leur a assuré que tant que lui et ses descendants vivraient, Artemis serait tenu en échec. Leo expliqua aussi à la communauté que les activités d'Artémis étaient nécessaires pour maintenir un équilibre, et que celles-ci seraient contrôlées pour éviter de rompre l'équilibre qu'elles sont censées maintenir.

Sandra a essayé de chercher plus d'informations sur Leo. Leur principe de fonctionnement, leur siège, leurs sponsors, les activités dans lesquelles ils ont été impliqués, mais aucun résultat n'est apparu.

Elle éteignit son ordinateur et conclut que Leo était effectivement beaucoup plus clandestin qu'Artemis. Mais la question restait la même. Pourquoi les Leo l'ont-ils recrutée ? Et de quels services avaient-ils besoin ?

Elle trouva la réponse à sa question quand l'électricité de son appartement s'est coupée. Sandra s'est retrouvée dans un immeuble plongé dans le noir complet. Une boule de feu est apparue, bien plus petite que celle à laquelle elle était habituée, et dont émanait cette fois-ci un feu bleu.

Ça éclairait un peu dans l'obscurité. La boule a fait deux fois le tour du salon et s'est arrêtée juste devant Sandra. Elle observa cette dernière et fixa profondément sa flamme. Plus elle regardait, plus ça devenait clair.

Elle pouvait apercevoir un groupe de personnes assises. On aurait dit qu'ils étaient dans une réunion qui n'avait pas encore commencé. Elle sentit un courant l'attirer vers la boule. Elle essaya de résister et de reculer, mais en vain, la boule de feu l'entraîna encore plus près. C'était comme un fort champ magnétique,qui continuait de la tirer vers l'avant.

Sandra s'est détendue et s'est laissé absorber par le courant. Elle n'avait jamais voyagé dans l'espace, mais lorsque la boule de feu la catapulta dans l'éther, elle su très vite ce que cela faisait.

La vitesse montait à mesure qu'ils s'enfonçaient. Pendant ce qui semblait être des heures, Sandra se déplaçait par le biais de la boule avant de soudainement s'arrêter dans une sombre pièce. La même pièce de l'immeuble dans lequel Sandra s'était retrouvée au début.

Quand elle entra, les personnes assises la croisèrent du regard, reconnaissant lentement sa présence. Ils portaient des capes et tenaient une baguette dans une de leurs mains. Elle remarqua que les baguettes étaient de différentes tailles. Elle savait que cela signifiait quelque chose, et elle se demandait ce que c'était.

La salle semblait d'abord vide, rien de plus que des personnes assises sur leurs chaises. Mais plus elle observait, plus l'endroit paraissait complexe et moins elle le comprenait. C'était une de ces situations dans lesquelles "plus tu regardes, moins tu vois".

Elle déglutit. Est-ce que je vais rester ici et me poser des questions toute la nuit ?

Et où est-ce qu'on se trouve là, maintenant ? Suis-je encore sur ma planète pour commencer ?

"Bienvenue, Sanders."

“Comment ?” dit-elle, confuse et légèrement amusée. C’était probablement leur méthode de travail. Ils ont attribué des noms Leo à chacun des membres. Mais mince, pourquoi Sanders ?

La même voix, provenant de la cape, s'est de nouveau exprimée.

"Vous avez un projet de vie fort intéressant. Mais ce n'est qu'un projet, vous pouvez le changer et le modifier si vous le souhaitez."

Elle fronça ses sourcils. Que diable se passe-t-il ici ?

"Bienvenue à votre première réunion en tant que membre officiel des Leo."

Une boule de feu fit soudainement le tour de la pièce. Pendant qu’elle circulait, Sandra pu apercevoir les visages de presque toutes les personnes présentes, sauf de trois individus encapuchonnés qui étaient situés au milieu de la pièce. Sandra vit Dave, puis reconnut les visages de certains adolescents qu'elle avait croisés la veille. Pendant quelques instants, Sandra pensa au fait qu’une vie pouvait radicalement changer en seulement vingt-quatre heures. Hier matin, elle n'était qu’une simple journaliste d’investigation, mais aujourd’hui, elle basculait entre deux mondes et d’un gang à l’autre.

"Vous avez été choisie pour rejoindre ce gang réputé."

Les autres l’ont acclamée avec un rugissement collectif de lions.

Elle n'était pas effrayée, ce qui l’a surpris. Elle trouvait la situation intrigante, toutes ces choses qui se produisaient dans le royaume sous-physique.

"Maintenant, vous faites partie de nous. Vous serez placés avec le département des Répercussions et des Représailles. En même temps, vous travaillerez en collaboration avec le département des Enquêtes et des Renseignements."

Sandra acquiesça. Elle voulait dire autre chose, car beaucoup de points n'étaient pas clairs, mais...

" Que vais-je devoir faire exactement ? "

"Vous rencontrerez le chef du département au moment de votre briefing départemental."

Elle fit un autre signe de la tête pour valider.

"Y a-t-il des règles ou un règlement ?" a-t-elle glissé, après ce qui a semblé être une éternité de silence.

"Votre conscience est suffisamment structurée."

Elle éternua.

Sa conscience était suffisamment structurée... Il s'agissait en effet d'une organisation, certes atypique.

On l'a dirigea vers un siège vacant à sa gauche. Elle remarqua qu'il y avait trois autres chaises vides. Y avait-il des absents ou allait-il avoir de nouvelles recrues ? Sandra s'est demandée.

La réunion s'est poursuivie avec des présentations de rapports, des contrôles de situations et la gestion des catastrophes, que Sandra a reconnu comme le troisième et dernier département de la bande.

À la fin de la réunion, elle devina que les trois personnes encapuchonnées et portant une cape étaient les chefs des trois départements. Pour s'assurer du bon fonctionnement de leur département, ces derniers choisissent eux-mêmes les individus correspondant à leurs besoins.

Cependant, elle remarqua qu'un terme n'a été utilisé qu'une seule fois au cours de la réunion, et il fut mentionné avec le plus grand sacrilège. La plupart des gens se raidirent. L'atmosphère sentait l'incertitude, et même une légère terreur.

Un remaniement intra-terrestre.

On disait que c'était la dernière option possible si leur approche habituelle ne fonctionnait pas. La question se pose toutefois de savoir qui serait à la tête de ce nouveau territoire.

À ce moment-là, le silence reprit le dessus. La boule de feu fit le tour de la pièce, et les visages de chacun furent à nouveau éclairés, à l'exception des trois encapuchonnés.

Cela signifiait apparemment la fin de la discussion. Ainsi, d'autres sujets étaient abordés comme si le premier n'avait jamais été évoqué. Sandra contemplait cette idée de remaniement terrestre et ce que cela impliquait.

Elle se dit qu'elle allait demander à Dave. Il devait sûrement savoir.

Elle n'était pas inquiète à l'idée d'organiser sa prochaine rencontre avec lui. Ça n'allait plus être un problème. Maintenant, elle n'avait plus de souci pour emprunter le fameux chemin. Si les choses se gâtent, elle pourrait l'attendre là-bas. Ça ne la dérangeait plus.

Mais Sandra préférerait tout de même qu'il lui fasse une autre visite surprise.

La réunion prit fin lorsque les trois chefs croisèrent leurs épées et levèrent leur menton.

S'ensuivit une éruption de boules de feu, tandis que chaque membre se téléportait vers sa destination. Sandra ne se souvenait plus du reste de la nuit, mais elle se réveilla dans son lit le mercredi matin, et tout lui parut comme dans un rêve, à part un véritable tatouage - un visage de lion, sur son épaule droite.

Elle s'essuya les yeux. Au moins, elle n'avait plus d'hallucinations, et son bon sens était encore intact. Mais Sandra n'était pas très confiante de ce qu'elle voyait venir. Être membre d'un gang puissant n'est pas quelque chose qui réjouit la plupart des gens, et Sandra n'était pas une exception.

Elle ne voulait pas vraiment avoir ces pouvoirs surnaturels. Elle a toujours pensé que ce genre de choses avait un prix. Elle n'avait aucune idée de ce que ça allait coûter, mais elle n'était pas prête à le payer.

Des images de la nuit dernière défilèrent dans sa mémoire. Y a-t-il des règles ou un règlement ? Elle se rappelait avoir demandé. Votre conscience est suffisamment structurée, la réponse était simplement glaçante.

Elle respira profondément, puis se servit un soda bien frais. Elle jeta un coup d'œil à son portable. Il lui restait trois heures avant de reprendre le boulot. Elle s’essuya le visage une autre fois.

Elle ne pouvait rien faire d'autre qu’accepter la situation dans laquelle elle se retrouva. Essayer de s'échapper ne serait pas seulement futile, mais dangereux. Si elle décide d’abandonner et que Leo la laisse partir, Sandra serait chassée puis éliminée par Artemis.

Leo - le roi de la jungle.

Est-ce qu’elle devait en parler à Lise et à Will ? Sandra secoua sa tête. Même si elle décidait de l’avouer à Lise, la réponse serait toujours non pour William. Lise avait le courage et les outils nécessaires pour bien gérer les répercussions d’une telle information, ce qui n’était pas le cas de William.

La journée commença avec une réunion de la direction, avant même que Sandra ne puisse se poser dans son bureau. La direction du VCN fut contactée par Artemis. Sandra n'était pas surprise.

Lise, elle, fut critiquée pour avoir autorisé une telle enquête. De son côté, le directeur Arthur Philip était fou de rage lorsqu'il entendit le récit des événements, et le but de cette enquête.

"Élisabeth, pourquoi diable avez-vous accepté qu'une enquête de cette envergure soit menée sans me consulter ?"

Elle balaya ses cheveux sur le côté, puis redressa les plis de sa jupe.

“C’est comme ça, Arthur. C’est le devoir de mon département.”

Sandra sourit intérieurement. C'était une de ces choses qu’elle aimait tant chez Lise - elle ne pouvait pas être intimidée.

"Vraiment ? Je suis sûre qu'essayer de mettre en péril la société ne fait pas partie de vos fonctions", a-t-il fulminé.

"Je n'ai rien fait de tel", répondit Sandra.

Tous les regards se sont tournés vers elle. William avait l'air aussi fatigué que nerveux. Sandra pouvait deviner qu'il était lui aussi contrarié par le déroulement de l'enquête.

Elle se rappela l’avoir forcé à partir, en évoquant Nancy, sa fille de trois ans.

William était loyal, et c'était une chose pour laquelle elle le respectait.

"Racontez-moi ce que vous aviez fait alors.”

"Nous avons lu des rapports, puis on a procédé à une investigation sur les activités d'Artemis. Leurs actions ont des conséquences mortelles, observées tant à Londres que sur le reste du continent européen."

Arthur la regarda, se secoua la tête, puis il chuchota quelque chose à Rake. Sandra réussit à capter un peu de ce qu'il a dit.

C'était quelque chose du genre : "Ces femmes ont beaucoup trop de cran pour leur sécurité."

Rake croisa ses mains sous son menton et les fixa, son regard se concentrant sur Sandra et Lise.

"Maintenant, vous allez mettre cette enquête en suspens. Artemis est bien plus que ce que vous croyez. Évidemment, vous méritez des distinctions pour avoir réalisé un coup d'éclat aussi génial que dangereux, hier, au siège. Seuls quelques individus, pas plus de deux, ont pu échapper aux griffes d'Artemis et son quinzième étage.

Je dois vous féliciter pour cela. Deuxièmement, vous méritez également d'être salués pour avoir tenté d'exposer les affaires d'une organisation privée aussi puissante et bien sécurisée qu'Artemis. Mais je vous assure qu'il est dans votre propre intérêt de fermer ce chapitre et de laisser l'histoire telle qu'elle est. N'y ajoutez pas d'autres pages, ce n'est plus nécessaire. Certains livres ont une fin ouverte. Que cela reste ainsi."

Lise rétorqua : "Mais je ne suis pas en train d'écrire un livre, et Sandra non plus."

Arthur soupira en secouant la tête, tandis que Rake inhala.

"Je suis sûr que vous comprenez toutes les deux où je veux en venir, donc jouer aux idiotes n'aidera personne. Vous devez passer à autre chose. Ce que je veux dire, essentiellement, c'est qu'il ne s'agit pas d'un programme télévisé où les méchants finissent par se faire prendre après de nombreux rebondissements. C'est la réalité, et, dans la réalité, vous devez apprendre à quel moment lâcher prise. Et c'est maintenant."

Arthur reprit sur Drake.

"VCN est une organisation médiatique mondialement réputée. Nous savons quelles enquêtes nous ne sommes pas censés toucher, et celle-ci en fait partie. Ne pas évoquer Artemis et ses actes au grand public nous évitera de nuire à notre organisation et à son classement. Si on décide le contraire, les choses peuvent mal tourner. Prenez Cunning Abraham comme exemple de ce qui peut arriver aux journalistes qui insistent pour affronter Artemis."

Sandra cligna rapidement des yeux. Elle connaissait ce nom. Et elle connaissait ce visage. C'était ce fameux journaliste, souvent mentionné par les gardes pour avoir tenté de désobéir à leur règlement alors qu'il risquait des répercussions. Les journaux disaient qu'il était tombé dans un mauvais entourage, puis qu'il fut emprisonné, donc il n'était même pas au... Les points commençaient à se relier, et l'image devenait de plus en plus claire.

"Donc, si vous ne voulez pas vous retrouver sur la même voie, laissez Artemis être Artemis et VCN s'occuper de ses propres affaires. Nous ne voulons pas que ça se complique."

Élisabeth ferma les yeux. Sandra voyait qu'elle essayait de contrôler sa respiration tout en digérant ces informations.

"Mais si nous ne révélons pas Artemis, qui le fera ?"

Rake sourit d'un air narquois.

"Chaque prédateur a un prédateur qui lui est propre. C'est la loi de la nature. Il n'y a qu'un seul groupe chargé de cette responsabilité, et je suis sûr qu'ils interviendront au bon moment."

Les yeux de Sandra s'écarquillèrent. Ca ne pouvait être qu'un seul gang.

CHAPITRE QUATRE

"Leo travaille tant sur le niveau physique que le superphysique. Artemis, de son côté, œuvre sur le physique et le sous-physique. C'est une différence que vous devez garder à l'esprit. Le sous-physique a des caractéristiques que l'on ne trouve pas dans le niveau physique. Mais encore, le superphysique a des propriétés qui ne se trouvent pas dans le physique ou dans le sous-physique. Je veux dire par là que les caractéristiques que vous trouvez dans le physique et le sous-physique peuvent être trouvées dans le superphysique, mais pas l'inverse. Il existe aussi d'autres spécificités uniques à chaque niveau."

Son instructeur, et chef de département à Léo, était un jeune homme d'une trentaine d'années. Il lui rappelait Rake. Et dans une certaine mesure, son défunt petit ami, Jack.

Il ne prenait pas trop les choses au sérieux, comme si le monde qui l'entourait était une énorme comédie, et que ses pions étaient prêts pour chaque partie. Lorsqu'elle paniqua en voyant le profil d'Artémis pour la première fois, il avait souri, puis lui avait dit qu'elle deviendrait folle si elle savait ce qui se passait dans le monde sous-spirituel, et que c'était la raison pour laquelle la dichotomie a fut imposée entre les régions.

"Nous n'interrompons pas les occurrences et les processus de la nature - je suis sûr que vous avez entendu cela lors de votre briefing officiel par Dave, et une fois de plus lors de votre première réunion officielle."

Elle acquiesça

"Notre service va enquêter pour savoir à quel point Artemis a franchi le seuil de la normalité. Vous travaillerez en étroite collaboration avec d'autres journalistes, mais aussi, bien évidemment, avec des enquêteurs. Le but de votre équipe sera d'obtenir les correspondances physiques de ce que nous avons déjà, et de chercher un point où ils auront oublié de couvrir leur piste. Il y a un point faible dans chaque logistique. C'est ce que nous devons exploiter. Avez-vous des questions ?"

"Oui."

Il sourit. "Allez-y."

"La condamnation finale est-elle physique, sous-physique ou superphysique ?"

"Le verdict sera prononcé dans les trois royaumes. Cependant, le monde physique est toujours le dernier à recevoir la condamnation. C'est un peu une rediffusion de ce qui est précédemment décidé dans les deux autres royaumes."

Elle poussa un profond soupir. Il allait lui falloir du temps pour comprendre ces mécanismes. Peut-être que les choses seraient plus claires quand l'enquête se lancerait pleinement.

"Vous rencontrerez les membres de votre équipe lors de notre réunion officielle de demain soir. Heure physique."

"Et si je suis occupé ?"

Il sourit.

"Avez-vous remarqué que le temps passe beaucoup plus rapidement ici que dans le monde physique ?"

Elle leva les yeux. Elle se souvint avoir vérifié l'heure de son retour, et qu'il ne s’était écoulé que deux minutes de plus que dans la réalité, même si cela lui parut être des heures entières dans le tunnel. Elle n'avait pas beaucoup prêté attention à ce détail à ce moment-là - après tout, elle avait sommeil.

Maintenant que son instructeur le disait, elle ne pouvait plus s'empêcher d’y penser.

"Cela signifie donc que le temps ne sera pas une contrainte ?"

"Il ne l'a jamais été et ne le sera jamais."

Elle acquiesça et le regarda replier le papier et le placer sous son aisselle.

"Vous vous en sortirez bien, j'en suis sûr."

Elle lui sourit.

De retour chez elle, Sandra prit un stylo et du papier, puis elle écrivit tout ce dont elle pouvait se souvenir de la réunion : les points saillants, les déclarations, et tout ce que le langage corporel sous-entendait. Elle devait garder une trace. Au début, elle fut surprise de voir à quel point elle prenait cette mission au sérieux. Puis, elle sut la raison. C'était simple, elle méprisa Artemis et son influence, et accepta tout ce qui pouvait l'aider à les faire tomber. C'était un long périple, et les rebondissements n'avaient même pas encore commencé - si seulement elle le savait.

Lise s'assit en face de Sandra, au bureau de cette dernière.

"Comment allez-vous ?" A-t-elle demandé.

Sandra sourit. "Bien. Je suppose. Y a-t-il un souci ?"

"Non, pas du tout. À vrai dire... Il y a une autre enquête."

“Artemi…”

"Non ! Sandra, pas d'Artemis ou quoi que ce soit lié à Artemis."

Elle tapota ses lèvres. "Ok ?"

"Bien. Il s'agit d'une enquête sur le système financier. J'ai récemment eu accès à un rapport pointu, similaire à celui sur lequel vous avez travaillé il y a quelques mois. Donc, examinez-le et faites-moi savoir si vous êtes prête à l’attaquer."

"Combien de temps ai-je pour me décider ?"

"Quelques jours pour vous décider puis quelques heures, trois précisément, pour me faire un topo."

"D'accord."

Elle regarda Lise retournant à son bureau. Elle savait que la manœuvre avait pour but de lui ôter Artemis de la tête. Une enquête sur des structures et des politiques financières pourrait s'avérer tout aussi compliquée. Mais que ce soit pour cette raison ou pour une autre, il n'en reste pas moins que tout n'est pas à suivre à la lettre. Si Sandra n'était pas membre des Léo, elle n'aurait pas eu d'autre choix que de laisser tomber.

Elle ouvrit le fichier que Lise laissa sur la table. Il contenait des liens et un bref résumé de ce dont il traitait. Le titre était : Le Piège Systématique Alimenté par les Institutions Financières.

Il s'agissait d'une liste d'articles rédigés par des spécialistes, sur la manière dont les organisations financières tentent délibérément de maintenir un grand pourcentage de la population dans un cercle vicieux d'endettement. Le contenu soulignait notamment la promotion de cet objectif par des politiques législatives.

Par la suite, le rapport indiquait que les politiques visant à "aider" le financement de montants de prêts plus élevés ne faisaient en réalité que compliquer les choses. Ces montants de prêts plus élevés, comme les prêts hypothécaires au logement ou les prêts étudiant, noyaient encore plus profondément le citoyen moyen dans ses dettes.

Sandra continua sa lecture, scrutant les sites web à la recherche d'informations. Une partie d'elle continuait de suspecter un possible lien avec Artemis. Ils étaient cachés derrière toutes les négativités qui se sont produites dans le pays. Cependant, Sandra réalisa qu'elle devait mettre ses sentiments de côté si elle voulait mener à bien cette enquête.

Elle fit donc sorte d'oublier qu'elle était une Leo et rangea l'histoire d'Artemis dans un coin de sa tête. Sandra se mit dans la peau d'une enquêtrice afin de trouver des failles à souligner, puis à les utiliser.

Elle envoya ensuite un e-mail à Élisabeth.

- J'aimerais travailler dessus.

- Bien. Faites-moi savoir si vous avez besoin de quelque chose.

- Un entretien avec les parties prenantes concernées.

- Bien sûr.

"Il y a plusieurs façons de traquer un ennemi ou, plus aimablement, un adversaire."

Sandra craqua ses doigts. Elle assistait à sa première réunion officielle avec les membres de son équipe chez les Léo. Ils avaient choisi un emplacement dans un restaurant ouvert, mais ils ne pouvaient être vus par les autres gens que si le dôme invisible qui les dissimulait se brisait, permettant aux yeux physiques de les apercevoir.

Elle fut ravie du fait qu'ils n'avaient pas à endurer le voyage par boule de feu, dans un tunnel sans fin, à chaque fois qu'ils se rencontraient. Au moins, ses deux mondes ne semblaient plus si isolés l'un de l'autre. C'était juste une question de cloison - le dôme. C'était comme une enceinte transparente. Elle pouvait y voir à travers, même si elle ne pouvait pas être vue.

L'instructeur du département était de nouveau en train d'expliquer. Il se concentra surtout sur Sandra. Les autres connaissaient déjà ces trucs de base, a-t-il dit. Mais ils avaient besoin d'écouter pour se rafraîchir la mémoire.

"Vous pouvez attaquer de front, attendre d'être attaqué pour vous défendre, ou plus intelligemment, les préparer à un combat avec ceux qui les attaqueront et les vaincront. C'est une des méthodes qu'utilise Artemis. Ils mènent rarement le combat par eux-mêmes. Ils vous arrangent le coup avec un de leurs agents, sous-couvert de respect de la loi. Mais nous connaissons tous la vérité."

"Leo utilise aussi cette méthode, mais pas pour Artemis, car nous nous connaissons. Artemis sait qu'on ne combat pas, on discipline. Néanmoins, ils ont tellement gagné en terrain et en puissance ces dernières décennies, qu'on est arrivé à une situation où les institutions que Leo prévoyait d'utiliser pour châtier Artemis sont maintenant, à l'inverse, utilisées par ces derniers pour opprimer. Est-ce que cela rend les Leo impuissants ? Pas exactement.

Cela nous amène à une quatrième méthode de combat, relativement inutilisée. Elle est rarement choisie, car la plupart des combats n'atteignent pas ce stade de nécessité. Parfois, c'est aussi parce que les deux groupes bataillant ne connaissent même pas la méthode, ou ce qu'implique exactement son utilisation.

Est-elle délicate ? Oui, elle l'est. Est-ce que cette méthode demande de la force physique ? Il faut plus d'habileté et de tact. Avant de vous la révéler, je vous laisse le temps de vous présenter à notre nouvelle recrue."

Les membres se présentèrent l'un après l'autre.

"Je me présente, Harry Lingard. Je travaille avec l'agence centrale de renseignements de la ville. Je suis devenu membre des Léo il y a sept ans. Depuis mon arrivée à Léo, on a traité pas moins de douze affaires, dont trois directement liées à Artemis."

Sandra l'observa. C'était un petit homme, à la voix rauque. Même ses yeux étaient petits - si petits qu'on ne pouvait deviner dans quelle direction il regardait. Elle trouva ça intéressant vu qu'il travaillait dans une agence de renseignement. Son travail demandait d'épier, et ses yeux pouvaient l'aider.

"Je m'appelle Félicia Anthony. Directrice de l'agence de presse VAN, à Londres. Je suis devenue Leo il y a trois ans. Depuis mon adhésion, j'ai participé à cinq missions, aucune n'étant liée à Artémis."

"Je m'appelle Dallas Johnson. Un chef pilote. Mon engagement a commencé il y a exactement un an, et nous avons traité six cas depuis, dont un en rapport avec Artemis."

La série de présentations se poursuivit, du pilote au serveur, puis un professeur et, finalement, le barman.

Lorsque les regards se tournèrent vers elle, elle se racla brièvement la gorge avant de commencer.

"Je m'appelle Sandra Leville. Une journaliste d'investigation. Mon affiliation a débuté il y a une semaine. Ce sera ma première affaire."

"Très bien, commençons."

Elle s'attendit à ce que l'instructeur se présente. Au moins par une brève histoire ou quelque chose de ce genre. Néanmoins, elle remarqua que Leo, contrairement à Artemis, recrutait des personnes de différents milieux, y compris les plus banals et les plus basiques.

Elle se demandait encore quel était le rôle du groupe d'adolescents dans la bande. Elle supposa qu'elle allait le savoir après quelque temps.

L'instructeur sortit une énorme feuille de papier à dessin, comme celle qu'utilisent les architectes.

"C'est ici qu'on s'accorde nos tâches. Notre problème majeur, c'est l'associé d'Artemis, le groupe pharmaceutique Rafael & Sons, dont les drogues distribuées plus tôt dans l'année, ont tué un grand nombre de personnes. En ce qui nous concerne, des enquêteurs liés à cette affaire ont été gelés dans la Salle des Répercussions contrôlée par Steffon Lee."

Sandra cligna des yeux. Le nom lui dit quelque chose, et elle put l'associer à un visage. Steffon Lee.

C'est la jeune femme qui était censée l'introniser ou quelque chose du genre. Donc, c'était elle, Steffon Lee. Elle faisait partie de l'équipe policière de la ville. Une fonctionnaire bien placée, en plus.

Il posa sa photo sur la table.

Oui. C'était bien elle. Sandra sut que c'était elle.

"Si vous connaissez Steffon, et je suis sûr que c'est le cas, vous savez qu'une des principales raisons de sa popularité dans le domaine physique et dans tout Londres, c'est sa ténacité. Elle n'est pas du genre à laisser passer les choses. Il n'y aurait pas pu avoir un meilleur choix que Steffon comme cheffe du département des Répercussions d'Artemis. Notre première mission est de libérer les captifs, puis de faire en sorte que justice soit faite pour les personnes blessées et tuées à cause de ce produit en circulation."

Sandra prit une inspiration.

L'instructeur dessina un cadre dans le coin supérieur gauche de la page.

"Voici le projet numéro 2.38. Dallas, vous allez piloter l'avion qui transportera plusieurs hauts cadres du groupe pharmaceutique, le mercredi après-midi, à 13:47 précisément. J'ai besoin que vous vous assuriez qu'il y ait un arrêt à Pittsburg. C'est tout ce que vous avez à faire. L'atterrissage à Pittsburg devrait se faire à 14:53."

Il se tourna vers l'homme aux petits yeux. "Harry, vous travaillerez en étroite collaboration avec Steffon, donc ce sera un peu difficile, mais je crois fermement qu'il y a une bonne raison pour laquelle vous travaillez au département des renseignements dans les deux mondes. Il y a assez de preuves pour justifier la synergie entre Artemis et Rafael. Vous devez mener une enquête avec les enregistrements que possède Sandra, et impliquer l'agence sur l'affaire."

Sandra sourit. Il y avait une raison pour laquelle Steffon faisait elle aussi partie des services de renseignements dans les deux mondes.

"Sandra, vous avez accompli votre part de cette première mission. Maintenant, quand Harry va sécuriser les enregistrements, assurez-vous que le processus soit aussi transparent que possible."

Elle acquiesça. Donc, il fallait sécuriser l'enregistrement, puis Sandra devait donner l'accès à un autre. S'il était encore sous la main de Liz, ce serait parfait, mais si ce n'était plus le cas, alors elle ne pouvait plus faire grand-chose.

"Il nous reste trois semaines pour tout arranger, alors ne perdons pas de temps."

Il regarda leurs visages un par un, puis tapa sur le dôme. Quand ce dernier s'est dissous, les autres personnes présentes dans la cafétéria les ont aperçus. Cependant, il n'y eut que quelques regards désinvoltes dans leur direction - comme s'ils furent depuis toujours assis là. Sandra n'arrivait pas à s'y faire.

Le reste de la conversation fut ordinaire. Des discussions sur la politique, la nourriture, le sport et les enjeux nationaux. C'était l'occasion de tisser des liens d'amitié. Sandra, elle, découvrit que le métier de barman ne se limitait pas à servir du vin dans des verres. Il s'agissait aussi de convaincre une personne ivre qu'elle avait assez bue, ou devoir parfois séparer des bagarres, ainsi qu'empêcher les vols de boissons.

Une serveuse, Jane, nous expliqua comment son travail consistait non seulement à servir de la nourriture aux clients affamés, mais aussi à savoir comment discerner les clients qui n'avaient pas faim, du moins dans le sens alimentaire du terme, ou simplement comment faire la différence entre un regard attentionné et un regard de mateur.

Le pilote nous expliqua ce que cela impliquait de faire voler un véhicule dans les airs, non seulement contre la gravité et les organismes présents dans l'air, mais aussi contre des êtres invisibles supra-terrestres.

Sandra fut éblouie. En tant que journaliste, elle eut des histoires encore plus intéressantes à partager. Elle remarqua combien il lui était facile de se fondre dans ce groupe. Il n'y avait rien de forcé - c'était un lien amical avec des personnes existant dans vos deux mondes. C'était un sentiment chaleureux et doux, de savoir que vous n'étiez pas seul à être embarqué dans cette double vie énigmatique. Ça soulageait de pouvoir discuter avec des personnes partageant ce même style de vie.

L'instructeur, de son côté, n'eut dit grand-chose, et après quelques instants de partage sur la façon dont chacun eut sa première connexion avec Léo, il disparut. Sandra sursauta de surprise et se tourna vers les autres, qui, simplement, rigolèrent...

Il avait des choses importantes à faire. De toute façon, il n'était presque jamais là, dans ce royaume. Sandra fixa Jane du regard pour en savoir plus, mais en vain, aucun d'entre eux n'intervint. Sans doute était-ce l'une de ces choses qui se révélerait avec le temps.

"Sandra, pourquoi avez-vous choisi le journalisme ?"

La question vint de Félicia Anthony, la directrice de l'agence de presse VAN.

Elle ferma les yeux. Son plus ancien souvenir avec les journalistes n'était pas de nature à donner envie à quiconque de se lancer dans ce domaine. Elle fut élevée dans le mépris du journalisme. Sandra se souvint de l'époque où les agences de presse, avec leurs camions et camionnettes, étaient rassemblées devant la villa de son père, ne voulant rater la moindre occasion de prendre des photos dignes d'intérêt. Surtout quand son père et son entreprise faisaient la une des journaux, ce qui arrivait souvent.

On lui a toujours dit de rester à l'intérieur et de ne pas s'approcher de personne avec une caméra. De temps à autre, le fait d'être devenue journaliste la déconcertait.

"Eh bien, c'est assez compliqué. Au départ, je méprisais les journalistes, car ma famille estimait que c'était un travail indiscret. Mais quand mon père est décédé, il a été accusé de quelques affaires louches. Grâce au travail d'un journaliste d'investigation, dont je ne me souviens plus exactement du nom, ainsi qu'au travail d'un détective engagé par ma famille, le nom de mon père a été blanchi.

Cependant, cela ne m'a pas vraiment poussé, ça m'a juste fait respecter ces professionnels, et m'a fait réaliser que, bon, pas tous les journalistes sont des fouines, et que parfois cette curiosité est bénéfique."

Félicia lui sourit.

"Eh bien, c'est tout ce dont je me souviens de l'histoire. Je suis allé au lycée puis à l'université par la suite, et j'ai fini par choisir le journalisme comme matière principale. Et vous ?"

"Je dois dire que votre histoire est intéressante. Votre père est-il George Lee ?"

Sandra acquiesça.

"Comme c'est intéressant. Eh bien, ma mère était journaliste, donc on peut dire que le journalisme a été omniprésent durant mon enfance, et mon intérêt y grandissait assez facilement. Souvent, le soir, je me faufilais dans la véranda après que mes parents m'aient mise au lit pour écouter la dernière histoire que ma mère racontait à mon père. C'était du genre - ok, donc ce que les journaux présentent, ce sont les informations que les journalistes sont autorisés à diffuser, mais dans les coulisses, il y en avait toujours plus. Et je pense que jusqu'à maintenant, c'est une chose dans le journalisme qui me fait sourire, malgré toutes les menaces et tous les dangers."

“Wow. C’est dingue.”

Félicia en sourit. Sandra remarqua qu'elle avait une dent en or. C'était assez curieux, mais elle n’osa pas lui demander et passa à autre chose. Elles continuèrent toutes les deux à discuter, abordant les choses les plus étranges qu'elles aient vues dans leur travail. D’incroyables anecdotes de cabales clandestines firent le tour de table, tandis que le pilote instruisait la bande sur les accidents d'avion, et sur certaines conspirations occasionnelles entre pilotes et autres, pour faire écraser les appareils et prétendre qu’il s’agissait d’accidents. C'était rare, a-t-il admit, mais ça arrivait, et c'était caché au public.

Chaque profession a ses secrets.

Le professeur, lui, parla beaucoup d’études, et notamment du fait qu'il existait plusieurs ouvrages faisant allusion à l'existence d'organisations comme Leo et Artemis.

Dans l'ensemble, la soirée fut sympa, jusqu'au moment où Sandra réalisa qu'elle était officiellement membre du plus grand gang d'Europe.

CHAPITRE CINQ

Sandra revit Dave. Seulement ce matin-là, il ne s'arrêta pas pour la saluer. Il avait l'air d'un typique lycéen de 17 ans, sauf que son allure révélait une touche de danger en plus. Peut-être le pensait-elle parce qu'elle le connaissait au-delà de son apparence physique.

Il portait un pantalon de survêtement, et un tee-shirt avec une inscription que Sandra ne pouvait voir de là où elle était assise dans sa voiture. Ses yeux étaient de couleur bleu océan, comme ceux de James, et elle trouva ironique le fait qu'ils représentent tous les deux le calme de l'océan, alors qu'ils étaient tout sauf cela. Pour être juste, Dave lui semblait plus calme, maintenant qu'elle jeta un second coup d'œil.

Avant qu'elle n'ait pu le regarder une troisième fois, Dave prit à droite vers un autre virage de la route. Sandra avançait à contrecœur. Cependant, elle commençait à trouver du réconfort dans ce gang. C'était un peu comme une famille, puisqu'elle n'en avait plus vraiment.

Elle écoutait de la musique douce en conduisant sur les routes de Londres, pour se rendre à son bureau. La vie n'était pas trop compliquée si on la gérait une chose à la fois. Mais en étions-nous capables ? Elle réfléchissait.

"Bonjour, Sandra."

"Oui, bonjour, Will. On ne s'est pas beaucoup vus ces derniers temps, hein ?"

Il acquiesça.

Sandra remarqua l'excitation émanant de sa personne. Il se passait sûrement quelque chose, et pour aggraver ses soupçons, Will portait un nœud papillon rouge. Elle vérifia le calendrier sur sa table. Ce n'était pas son anniversaire ou...

"Qu'est-ce qui se passe ?"

"Eh bien, c'est l'anniversaire de Nancy."

"Oh, c'est pas vrai !", a-t-elle rétorqué, utilisant sa main pour étouffer les sons qui sortaient de sa bouche.

"Souhaites-lui un très bon anniversaire de ma part. Je vais certainement passer plus tard pour lui déposer un cadeau."

"Son cœur sera brisé si tu ne le fais pas. Elle m'a demandé d'emmener une part de son gâteau d'anniversaire pour sa meilleure amie."

"C'est si gentil. Dis-lui que sa meilleure amie viendra lui rendre visite."

"Certainement."

Puis il repartit. Sandra tenait le gâteau emballé dans sa main, ses entrailles rayonnaient - quelle meilleure façon de commencer sa journée qu'avec un cadeau de la plus mignonne de tous les enfants de quatre ans ?

Son e-mail professionnel était rempli de messages de la part de Liz, principalement des liens et des articles.

Elle prit une grande inspiration ; elle avait presque oublié qu'elle devait s'occuper d'une enquête financière...

Elle vérifia les noms des personnes disponibles pour les entretiens. L'une d'entre elles travaillait à la Banque centrale du pays, tandis que les autres étaient dans différentes banques et dans différents lieux.

Sandra prit des notes. Elle devait d'abord rencontrer l'homme de la Banque centrale, puis elle allait interroger la première dame à avoir mené des enquêtes sur le fonctionnement des institutions financières nationales.

Elle dessina le planning et le renvoya par mail à Élisabeth.

-D'accord, je vais vérifier leurs emplois du temps.

-Ok.

Quelques minutes plus tard, elle reçut une réponse.

- Zara dit qu'elle est disponible demain, à 13:23 précises.

- Parfait.

Sandra se posa contre sa chaise et craqua ses doigts.

Elle organisa ensuite un premier brouillon des questions qu'elle avait l'intention de poser.

La première concernerait ce qui a déclenché l'enquête de Zara sur l'institution financière. Ils s'en suivraient d'autres sur le début de l'enquête, les blocages rencontrés, les révélations trouvées et le déroulement des entretiens. Sandra terminerait par l'interroger sur le contenu publié, mais aussi sur la possibilité qu'une partie de l'enquête ait été dissimulée pour des raisons non-divulguées.

Sandra regarda la touche de tabulation.

C'est pas mal, a-t-elle pensé. Du moins, c'était un début.

Elle rafraîchit sa messagerie. Il n'y avait pas encore d'e-mail de la part de Liz, ce qui signifiait que Harry n'avait toujours pas demandé l'accès aux enregistrements.

Désormais, elle pouvait s'occuper de ses autres tâches.

Une notification par e-mail surgit.

- C'est assez basique. Zara est une journaliste expérimentée, elle croit en la perfection.

Elle soupira.

Elle en connaissait des gens comme ça. Ils s'attendent à ce que la personne qui les interroge ait fait des recherches approfondies sur leurs réalisations et leur personnalité.

Pour obtenir plus d'informations, Sandra se plongea sur internet. Zara avait travaillé pour VAN, et avait été embauchée deux ans après la promotion de Félicia comme directrice. Contrairement à ce que Sandra pensait, Zara n'avait pas pris sa retraite, mais avait démissionné et changé de métier.

Elle trouva une piste assez louche. En creusant davantage, Sandra constata que la démission de Zara eut lieu trois mois après la publication de son article sur les coulisses des institutions financières. Quelle pouvait être la cause d'un changement aussi soudain ? Si elle était autant investie dans cette profession, menant des recherches approfondies sur une organisation et publiant un ouvrage là-dessus qui attira l'attention du public, pourquoi aurait-elle décidé de changer de métier seulement trois mois après ? Quelqu'un a dû lui forcer la main. Est-ce que c'était lié à Artemis ? Elle chassa cette idée de sa tête, mais ça lui revenait sans cesse. Artemis était un gang qui pouvait exercer une telle force qu'ils seraient capable de créer ce genre de réaction chez une personne dévouée et professionnelle.

Elle nota certaines choses, puis se rappela de répondre à Lise.

Je vais faire une vérification des antécédents. Merci.

Elle se nota dans l'esprit de faire allusion à sa connaissance d'un certain gang d'infiltration appelé 'Artemis', lors de l'entretien de demain.

Qui sait, elle pourrait peut-être accumuler assez de preuves pour identifier le groupe et le tuer dans l'œuf.

En rentrant chez elle, elle aperçut Dave une fois de plus. Ce dernier ne l'avait toujours pas vue, ou du moins c'est ce qu'elle pensait. Elle se demanda comment il parvenait à concilier ses études, sa vie sociale et son rôle de membre actif de gang, voire de chef. Elle secoua la tête. Ces derniers jours lui avaient appris bien plus que toutes ses années de lycée et d'université combinées.

Zara Ibrahim.

Le nom défila dans la tête de Sandra. Elle allait enfin rencontrer cette femme, dont les photos n'existaient nulle part sur Internet, mais dont le travail était abondamment exposé.

L'appartement de Zara était situé dans la banlieue de Londres. L'atmosphère y était calme et paisible, en contraste avec le cœur de la ville. L'emplacement de l'appartement de Zara suscita l'intérêt de Sandra.

Peut-être avait-elle choisi cet endroit parce qu'elle avait besoin de temps seule après ce qui s'était passé suite à la publication ? Ou bien travaillait-elle sur un autre projet qui demandait d'être isolé, dans une ambiance plus relaxante ? Peut-être que Sandra réfléchissait trop.

Le véhicule officiel se gara devant l'appartement, puis un petit homme, assis devant la porte, fit entrer Sandra.

"Je vais vous accompagner", dit-il.

"Hum, il vaut mieux que je me présente d'abord", a-t-elle répondu avec un soupçon d'hésitation dans la voix.

"Vous êtes Sandra Leville ?"

"Oui, c'est moi. Je suis venue pour voir Zara Ibrahim."

“Exactement. Mme Ibrahim vous attend. Suivez-moi.”

Sa voix révélait une impatience qui braqua Sandra. Elle serra fortement son enregistreur et ses notes, tout en marchant à ses côtés. Ça l’intriguait de devoir avancer rapidement pour rattraper l'homme, bien qu’il avait de petites jambes.

Il la conduisit dans un jardin derrière la maison, où Zara était assise sur une chaise, derrière une table en verre.

Zara leva les yeux, comme pour confirmer leur présence.

"Bonjour."

Zara fit un sourire jusqu’aux oreilles, ce qui surprit Sandra. Pour une raison quelconque, elle avait imaginé Zara comme une femme triste, qui souriait sûrement pour cacher ce qu'elle ressentait vraiment à l'intérieur. Elle s'attendait à ce que la blessure de l'abandon soudain de sa carrière à son plus haut point soit encore fraîche et visible. Cependant, cette femme ne semblait avoir aucune blessure.

Elle était bien trop jolie pour ne pas avoir de photos sur Internet. Zara était blanche, et tenait ses cheveux en arrière dans un foulard jaune moutarde. Elle portait un col roulé noir avec un jean bleu évasé à taille haute. Elle sirotait un verre de jus d'orange.

"Bonjour, Sandra. Asseyez-vous."

Sandra s'assit sur la chaise, puis elle posa son enregistreur et ses notes sur ses jambes.

“Merci.”

"Puis-je vous offrir quelque chose ?"

"Non, ça ira, merci."

"Très bien."

Sandra regarda autour d'elle.

“Vous avez de très bons goûts en matière de fleurs."

"Mon père était jardinier."

Sandra cligna des yeux. Elle fut prise de court par cette révélation. Cette femme parlait librement des choses. Sandra put constater cela après seulement quelques minutes de conversation.

"C'est joli. Je suppose que vous avez grandi entourée de fleurs ?"

"Eh bien, vous pourriez reformuler la phrase en disant que j'ai grandi avec beaucoup de beauté."

Sandra rigola.

"Je crois que ça résume bien la question."

Zara hocha de la tête et prit une expression plus sérieuse. C'était le signe que l'entretien pouvait officiellement commencer maintenant.

“Eh bien, Mme Ibrahim.”

“Zara.”

“Ok, Mme Zara. J'ai parcouru vos archives et je dois vous féliciter pour votre publication ‘Les Institutions Financières Génératrices de Dette en Europe’. Elle en dit long.”

Zara acquiesça. "Je suis ravie que vous considériez cela comme une contribution substantielle."

"Plus qu'une contribution substantielle, Mme Ibrahim. Je veux dire, Zara. Par contre, si vous le voulez bien, j'aimerais vous poser quelques questions."

"C'est pour ça que vous êtes là, non ? Bon, bien sûr que je ne veux pas."

Sandra rigola.

"Qu'est-ce qui vous a poussé à faire des recherches sur ces institutions financières ?"

Zara prit une profonde inspiration. Sandra suivit inconsciemment son rythme. Après tout, quel meilleur endroit qu'un jardin pour respirer de l'air frais ?

"Vous vous souvenez que j'ai dit que mon père était jardinier ? Nous étions quatre enfants ; ma mère était cheffe cuisinière. C'était difficile avec nous quatre. Cependant, grâce aux "aides financières" auxquelles nous avions eu droit, on a pu gravir les échelons, quoi que cela signifie, avec un profil d'endettement en constante augmentation. Plus nous allions haut, plus la dette augmentait. C'était déroutant."

Sandra acquiesça.

"Et comme j'étais une jeune enfant curieuse, j'ai décidé de découvrir un jour pourquoi. Et c'est ce que j'ai fait."

Cela fit sourire Sandra.

"Étiez-vous satisfaite des réponses que vous avez obtenues ?"

"C'est là où ça se complique. J'étais contente d'avoir reconstitué le puzzle en retrouvant ses pièces, mais cela m'a juste montré qu'il y avait un plus gros puzzle à résoudre. Pour chaque “pièce” d'information que j'obtenais, il y avait encore plus de questionnements à se faire sur la manière dont ce système était aussi finement tissé."

"Dans quelle mesure pensez-vous que votre publication a servi son objectif ?"

"Je pense que la première question devrait plutôt concerner le but de la publication, n'est-ce pas ?"

"Je suppose que oui."

Zara glissa sa main le long de son visage.

"Lors de ma découverte, je décrirai ce que j'ai ressenti comme étant proche du frisson que ressentent les enfants lorsqu'ils découvrent quelque chose de nouveau. La première pensée qui m'est venu à l'esprit c'est : "C'est énorme, je me dois de le partager avec tout le monde, ils doivent savoir ce qui se passe", j'ai donc parlé avec ma patronne, et elle a évoqué l'idée de publier l'intitulé 'Les Institutions Financières Génératrices de Dette en Europe'."

"Comment pensez-vous donc que la publication a aidé ?"

"Eh bien, cela a fait beaucoup de bruit, c'est ce que je souhaitais au début, mais avec du recul, j'ai l'impression que cela a fait plus de mal que de bien. Vous savez, lorsque la publication est sortie, l'attention du public s'est concentrée sur les événements qui se produisent dans ces institutions, mais cela ne les a pas arrêtés, ça les a seulement poussés à concevoir des méthodes plus minutieuses et secrètes pour continuer de mener à bien ce qu'ils font."

"Pensez-vous qu'il aurait été préférable de ne pas publier vos résultats ?"

"Dans une certaine mesure, non, mais dans une autre, oui."

Sandra valida d'un signe de tête.

"Selon vous, quels sont les obstacles que l'on rencontre dans le processus de journalisation d'une enquête, et aussi dans la réalisation du travail sur terrain ?"

"D'abord, l'obtention de réponses, puis les faire correspondre aux observations, et enfin, réellement, le processus d'enquête dans son ensemble. Le journalisme est difficile dans le sens où il faut décider ce qu'il faut publier et ce qu'il ne faut pas publier."

"Pourriez-vous être plus précise sur ce point ?"

"Sandra, c'est vous la journaliste. Vous comprenez qu'il y a des informations que vous ne pouvez pas diffuser, même si vous savez qu'elles seraient utiles. Il vaudrait mieux qu'elles restent dans vos notes et dans votre mémoire."

"En effet. Puis-je vous demander pourquoi vous avez démissionné de votre poste à VAN à peine trois mois après la sortie de votre publication ?"

"Eh bien, il y avait des menaces, oui, mais c'est surtout que je ne me voyais pas continuer. Notamment à cause du bruit qui accompagnait le projet. J'ai préféré prendre du recul tout en regardant de l'extérieur comment les choses allaient évoluer."

"Après avoir découvert ces méthodes de fonctionnement en coulisses dans de multiples institutions à travers l'Europe, et probablement dans le reste du monde, n'aviez-vous pas envie d'en savoir plus ?"

"Bien sûr que si. C'est comme révéler un terrain de jeu caché à un enfant."

"J'adore vos analogies."

"Merci. Bon, je veux toujours en savoir plus et partager ces infos avec le monde, mais je veux faire en sorte que ce soit plus agréable pour ma personne."

“Ok. C’est-à-dire ?”

"Je travaille sur un livre."

Sandra regarda ses notes.

“Vraiment ?”

Zara lui sourit.

Le silence régnait, tandis que la brise soufflait sur les fleurs. Ces dernières dansaient au rythme de la mélodie de la nature.

"J'admire la sérénité qu’exhale votre maison. Vous vous êtes installée ici afin d'écrire votre livre en paix, ou ça fait juste partie de votre temps-libre ?"

"Eh bien, les deux en fait."

Sandra lui sourit.

Zara tapa des mains.

“Vous m'avez posé tellement de questions, ça ne vous dérange pas si je vous en pose quelques-unes maintenant, qu'en pensez-vous ?".

“Oui, je vous en prie.”

“Quel est votre prochain arrêt pour les entretiens ?"

“Normalement, ce sera un membre du personnel de haut rang de la Banque Centrale du pays."

Zara sourit.

"Bien. Mais pourquoi avez-vous commencé à travailler sur ce projet ?"

"Pour la même raison que vous. Pour sensibiliser les gens. Mais maintenant qu'on a échangé, j'ai mieux compris les limites des publications écrites, donc je pourrais peut-être présenter les choses d'une autre manière, un documentaire ou autre, mais en veillant surtout à souligner la nature toujours changeante des crimes et de leurs méthodes."

"Génial. Êtes-vous tombé sur Artémis lors de vos enquêtes ?"

Sandra cligna des yeux. C'était sa propre question - sa réplique. Comment Zara a pu la doubler ? Son intuition lui disait que quelque chose n'allait pas.

"Euh, oui, c'est un gang ou quelque chose du genre."

"Tu penses que c'est un gang ?"

"Ce n'est pas le cas ?"

"Eh bien, oui. Techniquement."

"D'accord, Zara, je suis contente qu'on ait parlé."

"Oh, mais non, avant de partir, dites-moi, quand est-ce que vous êtes devenue journaliste ?"

"Il y a quelques années."

"Et c'est comment de travailler à VCN ?"

"C'est comme dans n'importe quelle autre agence de presse, je pense. C'est juste que j'ai la chance d'avoir une patronne qui est, eh bien, elle vous pousse à faire plus, elle crée le meilleur environnement de travail pour vous."

"Je pense que c'est la même chose pour moi aussi."

"Si ça ne vous dérange pas, je peux faire un petit tour ?"

"Bien sûr, allons-y."

De retour au bureau, Sandra prépara l'enregistrement de son entretien avec Mme Zara Ibrahim. Elle écrivit une note en haut de la page. Zara avait un fils.

Pourquoi cela lui donnait-il des frissons ? Elle aussi était censée avoir un fils. Elle prit une profonde inspiration.

Là, on parle boulot. Ce n'était pas le moment de laisser sa vie personnelle s'immiscer. Son fils est mort, ainsi que tout ce qu'elle associait à cette période de sa vie.

Elle enregistra ensuite l'interview, soulignant la personnalité distincte de Zara, et son point de vue sur sa publication.

Elle prit une pause pour revoir les notes. Où est-ce que ça menait ?

Sandra ferma la page, puis elle actualisa sa messagerie.

Quelqu'un demande votre enregistrement, une certaine Steffon.

Sandra s'assit. Steffon ! Elle travaillait dans le même bureau que...

Elle répondit rapidement.

Non ! Ne lui donnez pas. Je suis en route.

Elle supprima le message et en envoya un autre, plus calme.

Qui est Steffon, et pourquoi demande-t-elle l'enregistrement ?

- J'ai refusé. Ne vous inquiétez pas.

- Merci.

Elle regarda son ordinateur portable pendant quelques minutes, s'attendant à ce que l'écran révèle autre chose, comme la raison pour laquelle Steffon avait demandé l'enregistrement, ou ce qui allait se passer maintenant qu'Élisabeth avait refusé.

Allait-elle débarquer dans le bureau et le prendre par la force ? Ou bien allait-elle faire pression sur eux ou les menacer jusqu'à ce qu'ils le donnent ? Steffon n'était pas du genre à abandonner. Leur instructeur l'avait dit lui-même.

Sandra joignit ses paumes de mains. Ils devaient agir vite, cela faisait partie des instructions qui leur avaient été données. Maintenant, il semblerait que même leur rapidité ne suffise plus.

Elle posa ses mains sur sa tête. Elle ne devait ni trop réfléchir ni stresser. Les Leo disaient qu'ils opéraient aux niveaux superphysique et sous-physique, donc ils savaient ce qui se passait. C'était assez réconfortant, du moins pour l'instant.

Elle rassembla son travail de la journée puis mit ses dossiers et sa tablette dans son sac. Il était temps de rentrer à la maison - oh, mais non, il y a encore Nancy. Elle avait presque oublié.

Ça la fit sourire. Cette adorable fille de quatre ans.

Sandra partit au centre commercial pour lui prendre quelque chose. Nancy adorait les ours en peluche.

Elle fit le tour d'un magasin de jouets pendant plus d'une demie heure sans rien choisir. Après l'avoir observée pendant longtemps, le vendeur alla lui parler.

“Madame, vous avez besoin d'aide ?”

“Je cherche un ours en peluche.”

Le jeune homme tenta de cacher son étonnement. Mais en vain.

"Le magasin est rempli d'ours en peluche."

Sandra secoua de la tête.

“Oui, je le sais, mais je veux dire que je veux offrir un ours en peluche à un enfant.”

Il posa la main sur la hanche.

“C'est le meilleur magasin de cadeaux pour enfants. Surtout pour les ours en peluche."

"Je sais. Pouvez-vous me faire visiter les lieux, s'il vous plaît ?", demanda-t-elle pour atténuer la gêne.

Il feint un sourire. "Je serai ravi de vous aider."

Ça ressemblait plus à : je vais t'aider à vite décider, pour que tu puisses enfin partir.

"Quel âge a-t-elle ?"

"C’est une fille ?"

Il la fixa, puis un éclair d'alarme apparut dans ses yeux.

Cette femme est-elle cinglée ?

CHAPITRE SIX

"Eh bien, madame, je pense que nous n'avons pas l'ours en peluche que vous cherchez."

Elle le fixa pendant un moment. Elle put comprendre sa peur, du moins, une grande partie. À ce stade, Sandra ressemblait et se comportait comme une psychopathe. Si le vendeur ne s'était pas inquiété pour sa propre sécurité, elle se serait demandé ce qui n'allait pas chez lui.

Sandra lui sourit et lui fit un signe d'au revoir. Il la regarda toujours d'un air soupçonneux, et ne parvint qu'à lui hocher la tête en guise de réponse. Cependant, en partant, elle remarqua qu'il continua à la fixer comme s'il y avait quelque chose d'inhabituel derrière elle.

Elle avait hâte de sortir du centre commercial pour savoir ce qu'il y avait derrière elle, et ce qui avait provoqué une telle réaction.

Quand elle sortit, sa voiture était toujours garée au même endroit. Il n'y avait rien ni personne semblant mériter une attention aussi forte de la part de l'employé ou de qui que ce soit, d'ailleurs. Cette conclusion changea cependant rapidement lorsqu'elle aperçut Dave.

Ce fut une agréable surprise, du moins par rapport à la dernière fois. Il y a juste quelques jours, elle avait souhaité, sans le vouloir, une de ses visites spontanées. Mais elle était quand même agacée. De tous les endroits où ils pouvaient se rencontrer, la devanture d'un centre commercial n'était pas la meilleure option, surtout pas celle où le vendeur l'avait perçut comme légèrement folle... Ou peut-être plus.

"Bonjour, Sandra."

"Salut, Dave", a-t-elle répondu, les dents serrées.

Il lui sourit.

"Vous ne vous attendiez pas à me voir."

Elle se mit du côté conducteur de la voiture puis elle inséra sa clé.

"Eh bien, techniquement non. Mais comme vous avez l'habitude d'apparaître aux mauvais moments, on peut dire que je suis toujours prête à vous croiser ou, plutôt l'inverse."

En vrai, c'est toi qui es tombé sur lui et sa bande la première fois, lui dit sa voix intérieure.

"Peu importe, je peux monter ?"

"Où allez-vous ?"

"C'est sans intérêt dans ce contexte, je pense."

Il monta puis il mit sa ceinture de sécurité. Secouant sa tête, Sandra démarra la voiture.

"Je t'ai acheté une peluche."

Elle fit une dangereuse embardée hors de la route.

"Attention ! Je ne prévois pas de mourir dans un accident de voiture."

"Qu'est-ce que tu viens de dire ?"

"Un ours en peluche, désolé. Je t'ai acheté un ours en peluche pour l'offrir à Nancy."

"Vous surveillez aussi toutes les autres recrues de Leo ?"

"Je ne surveille personne. Je fais mon travail. J'ai mon propre projet, et ceci en fait partie."

"Vous ne pouvez pas me donner ce que je vais offrir à ma filleule."

"Eh bien, sachez que la famille de votre filleule, y compris la petite, sont sur le point d'être crucifiées par Artemis."

Ses mains se figèrent sur le volant. Il n'est pas sérieux.

"Mais c'est moi qu'ils veulent, pas William et..."

Dave la regarda droit dans les yeux.

Sandra s'est souvenue de la déclaration de Steffon avant son initiation. Son devoir était de rassembler toutes les personnes impliquées dans l'enquête et dans l'évasion de l'enregistrement. Mais il y avait eu l'accident de la boule de feu, puis la perturbation...

En fin de compte, ils traquaient William aussi.

“Et donc ?”

“Qu'a-t-il de particulier cet ours en peluche ?”

"Une puce qui va suivre et nous alerter sur tout ce qui se passe. C'est là que mon équipe entre en jeu. Donc, vous n'avez qu'une chose à faire. Livrer l'ours en peluche."

Elle le regarda. Il portait un tee-shirt bleu marine et un pantalon de survêtement noir, comme si rien au monde ne pouvait le déranger. Ironiquement, il gérait des problèmes aussi graves qu'une guerre contre un État.

“Nancy sera-t-elle en sécurité ?"

“Si vous faites correctement votre part, oui."

Elle prit une grande inspiration et appuya fort sur l'accélérateur.

“D’accord.”

Il avait choisi un bel ours polaire de taille moyenne. Nancy allait l'adorer. Au moins, le sens du cadeau n’était pas totalement perdu. D'ailleurs, quoi de mieux à offrir comme cadeau que la protection d’un proche ?

Le reste du trajet se déroula silencieusement et sous le signe de la tension. Sandra eut beaucoup de doutes. Pour la première fois, depuis longtemps, elle se sentait paniquée.

Toutes les choses qui pourraient mal tourner se déroulaient dans son esprit, et Sandra ne pouvait que penser, et si ? Et si Léo n'étaient même pas ce qu'ils prétendaient être ? Et si elle était simplement en train de tourner en rond ?

"Que fait votre équipe ?"

"Beaucoup de choses."

Elle attendait plus d’explications, et comme il n'ajouta rien, elle lui demanda : "Que se serait-il passé si j'étais venue à la réunion du gang ce jour-là, et que je n'étais pas une recrue potentielle... Je veux dire, quelque chose du genre, que se serait-il passé ?"

"Tout d'abord, vous ne nous auriez pas vus."

Elle se retourna vers lui.

"Écoutez, nous faisons nos réunions dans le dôme invisible, donc si on ne voulait pas que vous nous voyiez, ça ne se serait pas produit. Donc, si ça se produit hors de notre contrôle, vous ne l'aurez jamais su. Ça aurait ressemblé à une conversation normale. La situation que vous mentionnez, c’est une méthode que nous utilisons lors de réunions d'urgence pour lesquelles nous ne pouvons pas utiliser le dôme invisible.

Et comme je vous l'ai dit, s'il y a un souci, vous n'aurez aucun souvenir de nous avoir vus."

"Vraiment ?"

"Oui. Nous aurions effacé ce moment-là de votre mémoire."

Elle acquiesça. Elle en avait encore, des choses à apprendre.

"Je descendrai au bout de la rue."

"Vous semblez bien connaître l'endroit."

"Ma petite amie habite là."

"Oh."

Sandra sourit. Elle était tellement habituée à le voir occupé, avec Léo, à être un leader, qu'elle avait oublié que c'était un véritable adolescent.

Elle voulait lui demander comment il gérait tout ça, s'il pensait ou non que Léo volait une grande partie de sa jeunesse. Mais à la place, elle lui demanda, "Est-ce qu'elle sait ?"

Il lui sourit en retour.

"Non. Mais elle le saura, quand le bon moment sera venu."

Elle s'arrêta en face de la maison où il allait descendre, mais juste avant de partir, il se tourna vers elle et lui chuchota : "Souhaite un joyeux anniversaire à la jeune fille pour moi. Elle est sacrément pénible."

"Comment ça... ?"

"Le petit frère de ma petite amie. Il est ami avec Nancy."

Elle acquiesça en le regardant partir.

“Ah, la vie”, a-t-elle murmuré en conduisant vers l’adresse, à deux coins de rue d’ici.

"Sandra !", cria la petite fille dès qu'elle l'a vit entrer.

Son cœur se réchauffa, et pendant un instant, elle oublia Artemis, Leo et tous les problèmes que ça leur infligeait.

"Nancy, ma jolie. Comment vas-tu ?", demanda-t-elle en soulevant la petite dans les airs.

"Je vais bien. Tu as eu mon gâteau ?"

"Oh oui, mon bébé, je l'ai eu. Et je t'ai apporté quelque chose."

Nancy tapa des mains.

“Tiens, c’est pour toi.”

Nancy était excitée. Elle courut à l'intérieur pour le montrer à son père.

“William, comment vas-tu ?”

Il haussa les épaules. "Ça peut aller.”

“Où est Flora ?”

“Elle est sortie. Elle revient dans une demi-heure."

“Alors, qu'avez-vous fait pour l'anniversaire de la petite princesse ?”

“Ses amis sont là. Je suis sûre qu’elle est partie leur montrer ses cadeaux.”

Sandra en rigola.

“Elle est contente.”

“Oui, je suppose.”

Sandra frotta ses mains. "William, est-ce qu'Artemis t'a contacté depuis ?"

Il soupira.

“Oui. Aujourd’hui, il y a quelques heures.”

Son rythme cardiaque s'accéléra. Ce n'est pas qu'elle ne croyait pas Dave quand il disait qu'ils venaient pour William et sa famille, mais l'entendre de la bouche de ce dernier rendit les choses plus réelles. La présence de Sandra devenait plus lourde.

“Que veulent-ils ?”

“Accéder à l’enregistrement.”

"Et qu’est-ce que tu leur as dit ?". Elle haussa la voix sans s’en rendre compte.

"Qu’il n'était pas en ma possession. Y a-t-il un problème ?"

"Non. Je crois juste qu'ils ne méritent pas d'avoir accès à l'enregistrement."

"Je suis d’accord.”

“Ils t’ont menacé ?”

“Oui. Ils ont menacé de venir chercher ma famille.”

Sandra perçut la peur dans les yeux de William quand il lui a répondu. Elle était passée par là.

Elle savait ce que cela signifiait de perdre sa famille, et elle comprenait à quoi ressemblait la vie sans un être cher à ses côtés. Elle saisissait la panique, la peur, l'impuissance et la tension. Elle pouvait s'identifier à tout cela. Même si elle n'avait pas grand-chose à dire pour rassurer William, Sandra savait ce qu'il ressentait.

"Rien n'arrivera, ni à Nancy ni à Flora, je te le promets."

Il la regarda, puis lui sourit. "J'ai fait la même promesse, mais je ne sais pas comment ça va se passer."

"Je te le répète, rien. Rien n'arrivera à ta famille."

Il lui sourit.

"Merci, Sandra."

Elle soupira. Il y avait tellement de choses à gérer. Seul, William ne pouvait rien faire contre Artemis.

C'est à ce moment-là qu'elle se jura qu'Artemis ne ferait aucun mal à ceux qu'elle aimait. Aucun de ses proches ne subirait la colère d'Artemis. Elle allait se battre pour les protéger.

À cet instant précis, elle se dévoua envers son titre de Leo. Elle en était fière, quelles que soient les conséquences ou le prix à payer. Le plus important était qu'Artemis ne puisse nuire ni à Nancy ni à sa famille.

Peu après, la porte s'ouvrit et Flora entra dans les lieux. Elle portait une robe à fleurs jusqu'au genou, et un énorme bouquet de fleurs jaunes.

"Sandra !"

"Salut, Flora."

Les deux femmes s’embrassèrent. Flora tenait fermement le bouquet dans ses mains, tout en essayant de lui donner un câlin.

"Je suis ravie de te voir. Nancy et moi t'avons attendu toute la journée !"

"Voir cette petite fille, je ne raterais ça pour rien au monde."

"Eh bien, ceci est pour toi", dit Flora, en tendant les fleurs à Sandra.

“Mon Dieu, elles sont magnifiques. Merci beaucoup."

"Oh, peu importe. Alors, comment se passe le travail ?"

Sandra prit une profonde inspiration.

"Eh bien, c’est fatiguant pour la plupart."

"C'est sympa, au moins ?"

Elle pensa à Léo, Artemis, Dave, au drame du quinzième étage et à Zara, à tout ce qui s'était passé ces derniers jours.

"En fait, oui."

"Ça en vaut la peine alors."

Sandra lui sourit. Flora était une femme qui aimait le plaisir. Cela se voyait dans sa façon de voir la vie, dans sa cuisine et même dans sa garde-robe.

"Comment vont les affaires ?"

"J'ai beaucoup de choses à te raconter."

William s'excusa, tandis que Flora parla à Sandra de ses émissions de cuisine, de la dernière exposition à laquelle elle participait, ainsi que de ses nouveaux clients et tous les autres détails.

"Je suis vraiment impressionné. Tu as fait tellement de progrès en l'espace de quelques mois !"

“En cinq mois pour être précise.”

"Tu sais, je suis contente que tu sois revenue."

Flora avait lancé sa propre entreprise il y a presque un an, pour faire ce qu'elle aime - cuisiner comme cheffe professionnelle. Ces derniers mois ont été très fructueux pour elle, mais en même temps, cela l’a beaucoup occupée. Assister à tant d'événements, en dehors de la ville, l'avait éloignée de William et Nancy.

"En plus du plaisir évident que cela me procurait, j’en avais besoin", dit-elle d’un rire franc. "C'est parfois difficile, mais on ne peut pas dépendre uniquement de William. Ce n'est pas faisable."

"Tu as tout mon soutien.”

“Même si tu ne l’aurais pas dit à voix haute, j’en ai toujours été convaincue.”

Sandra sourit. Les quelques instants qui suivirent furent silencieux et lourds de sens - du moins pour Sandra. Elle pensait à la perte que ce serait, non seulement pour William, mais pour elle aussi, de voir Flora et Nancy prises dans les griffes d'Artemis.

Elle savait que Flora resterait aux côtés de son mari, mais, jusqu’à quel point une personne peut-elle être forte lorsqu'elle est menacée par la perte de son enfant ? Même si Flora ne voulait pas renoncer, elle ne laisserait rien arriver à Nancy. Aucun parent ne le ferait.

Sandra pensa lui dire ce qui se passait, mais elle s'en est abstenue aussitôt que l'idée lui vint en tête. Elle était sûre que William ne lui avait rien dit, et il était dans l'intérêt de sa famille qu'il ne le fasse pas. En y réfléchissant un peu, elle réalisa que c'était la bonne décision. Elle garderait tout pour elle.

"C’est quand ton prochain événement ? Je vais m’organiser pour venir."

"Dans trois semaines. C'est un déjeuner. Quelques dignitaires seront présents."

"J'aimerais beaucoup y participer."

"Ce serait bien que tu viennes. D'ailleurs, je viens d'apprendre la signature d'un nouveau projet de loi concernant les droits des journalistes d'investigation."

"Quel projet de loi ?"

Les deux femmes continuèrent à parler, toutes deux pensant à l'avenir, toutes deux avec incertitude, avec peur, et avec enthousiasme. L'une se penchait fortement vers l'enthousiasme, et l'autre tout aussi fortement vers la peur.

Sandra s’assit sur le canapé du salon. La télévision était allumée en bruit de fond, jusqu'au moment où elle remarqua un reportage sur la disparition du journaliste d'investigation John Johnson.

Pour une fois, elle ne pensa pas que cela avait un lien avec Artemis. Elle écouta le titre, secoua sa tête, puis elle éteignit la télévision. Elle avait assez de choses dans son esprit.

Maintenant que Nancy et sa famille étaient sous le viseur d'Artemis, et que Leo les protégeait, il y avait encore une personne à qui penser.

Lise.

Ils pouvaient menacer Lise, et le plus fou, c'est qu'elle avait déjà été approchée.

Sandra était sûre que Lise allait être dure à recruter, de par sa nature coriace. Pourtant, ils seraient capables de lui soutirer l’enregistrement grâce à leurs tactiques.

Elle sirota un peu plus de café. Le problème de la lutte contre le crime, c'est que ce n'est jamais aussi facile que les films nous laissent croire. On ne sait pas vraiment ce que l'on fait, et l'ennemi ne laisse pas toujours d'indices.

Son téléphone sonna, mais l'interlocuteur mit fin à l'appel avant même qu'elle n'ai put décrocher.

Elle regarda le numéro.

Qui pouvait bien l'appeler à cette heure-ci ?

Elle rappela, mais le téléphone était éteint.

Elle regarda l'heure sur l'écran de son téléphone.

2:37 a.m.

Sandra soupira. Elle ne pouvait même plus être dérangée. Ces étranges événements étaient devenus habituels dans son existence.

Sandra organisa son prochain entretien. Elle devait rencontrer la secrétaire du directeur du département des prêts et subventions de la Banque Centrale du pays.

Les recherches sur sa personnalité n'ont pas révélé grand-chose d'autre que son parcours scolaire, ses réalisations et son état-civil, dont elle apprit qu'il était divorcé depuis seulement quelques mois.

Il divorça peu après sa promotion ; la demande fut déposée par son ex-femme. Sandra fit signe de la tête.

C'était probablement la pression du travail excessif, et un manque de dévouement à sa famille. Ou peut-être pas. On ne peut jamais savoir ce qui se passe au sein d'un mariage, ou dans toute autre relation d'ailleurs.

Elle ferma les yeux, et pendant une fraction de seconde, le vide de ses pensées se remplit d'un seul nom : Jack.

Elle essaya de chasser la pensée, mais celle-ci s'imposa avec force, et Sandra se retrouva à serrer sa poitrine pour contrôler l'angoisse.

Ses yeux s'alourdirent, et son cœur se brisa une énième fois. Sandra avait mal à la tête. Elle eut l'impression qu'on lui enfonçait une boule de la taille d'une balle de tennis dans la gorge. Elle serra ses genoux contre sa poitrine, et lentement, ses larmes commencèrent à couler.

Elle n'avait pas pleuré depuis la mort de Jack, ni celle des membres de sa propre famille. Elle n'eut pas le courage de le faire. Sandra n'était pas dans un bon état d'esprit, et elle ne pouvait accepter qu'ils soient tous partis, et qu'ils n'allaient plus revenir.

Elle s'humidifia les lèvres, essayant de reprendre son souffle à travers les sanglots. Des souvenirs l'inondaient, tels des scènes d'un film paranormal. Elle se souvenait de leurs moments à la plage, de leurs vacances dans différents endroits du monde, des fois où ils se criaient dessus jusqu'à ne plus avoir de souffle, la façon dont ils se regardaient quand ils étaient seuls. Tout.

Et puis les mensonges, la luxure, et la colère. Les jeux, la trahison, tout. C'était comme si elle revivait ces moments encore une fois. Les leçons acquises, les promesses qu'ils ont faites l'un à l'autre pour les rompre de nouveau, les rêves qu'ils ont eus, et les plans qu'ils ont construits pour ensuite les abandonner.

Et là, penser que la personne avec qui elle avait vécu tout ça était partie et ne reviendrait jamais. Elle pleura encore plus, ses larmes coulant comme un océan sans fin, et dans son esprit, elle pouvait se voir se noyant sous le poids du chagrin. Mais Sandra savait qu'elle ne pouvait pas laisser sa tristesse l'empêcher de faire ce qu'elle devait faire.

Sandra perdit son amant, ses frères et sœurs, son père et son fils en l'espace de deux semaines. Elle connut le dur sentiment de deuil d'une personne, avec laquelle hier encore, elle partageait la perte d'une autre. Elle ne voulait plus laisser aucun être qu'elle aimait subir ce sort, sauf que les choses n'étaient pas sous contrôle.

S'ils allaient s'en prendre à ceux qu'elle aimait, plus personne n'allait s'en sortir aussi facilement. Plus jamais.

Elle s'essuya le nez tandis que ses larmes séchaient, laissant des traces blanches sur son visage. Elle jeta un coup d'œil à son ombre. Être humain, cela signifiait pleurer, aimer, se briser, perdre, guérir et donner tout ce que l'on a, en sachant que le pire qui puisse arriver, et qui arrive le plus souvent, c'est de tout perdre.

Elle frotta ses paumes glacées l'une contre l'autre, et les appuya sur ses genoux tremblants.

Tout va bien. Tout va bien. Sandra affirmait à voix haute autant de fois qu'elle en avait besoin.

Elle s'arrêta au milieu de la troisième affirmation pour sourire. Même si elle n'allait pas bien, il n'y avait rien de grave. Quoi qu'il en soit, elle devait faire ce qu'elle avait à faire.

Elle se leva, alluma la lumière et regarda son reflet.

La jeune enfant en elle serait fière de ses accomplissements. Mais la fillette serait aussi capable de pleurer à l'idée de la voir dans cet état.

C'est ce que la vie nous faisait. Elle cachait les parties les plus belles et les plus laides de notre intérieur, nous laissant avec une représentation médiocre de tout ce que nous sommes censés être. De toute façon, Sandra allait empêcher Artemis d'obtenir ce qu'ils voulaient.

Elle alluma son ordinateur portable, cliqua sur Falcon Eye, et chercha des infos sur la méthode de recrutement d'Artemis. La page chargeait, et elle commença à voir ce qui ressemblait à un arbre générationnel.

"C'est la deuxième réunion en l'espace d'une semaine", annonça Jeanne, la serveuse.

Les autres étaient indifférents. Le sujet du jour était bien plus important que la fréquence des réunions.

L'instructeur paraissait plus jeune que la dernière fois où ils s'étaient rencontrés. Il avait l'air plutôt sérieux aujourd'hui. Épargnant les civilités, il lança le dôme d'invisibilité, le filtre de parole, puis il hésita avant de lancer le dissipateur de cerveau.

"Harry, vous n'avez pas encore l'enregistrement, n'est-ce pas ?"

"Non."

"Et le vol n'a pas eu lieu comme prévu ?"

"Non", répondit le pilote.

L'instructeur fixa le document devant lui.

"Il y a quelque chose d'inhabituel."

Ils se regardèrent les uns les autres, avant de se tourner vers l'instructeur.

"Dave parle d'une irrégularité. Artemis n'a jamais imposé autant de blocage que maintenant."

Il jeta un coup d'œil autour de lui, ses yeux se dirigeant vers Sandra.

"Je crains qu'il y ait encore beaucoup à faire."

Elle fronça les sourcils.

"Vous serez briefée."

Il reprit la feuille de papier sur sa table.

Le regard de Sandra parcourut le dôme afin d'observer ce qui les entourait.

Ils étaient dans le même restaurant que la dernière fois, mais à un endroit différent - plus vers l'intérieur du restaurant, près du mini-lac, qui était juste derrière eux.

"Dave dit qu'en ce moment, Artemis accélère le recrutement, et la plupart des candidats sont soit forcés, soit menacés. Leur méthode classique. Cependant, une troisième méthode inédite chez Artemis est en train de gagner en terrain : le scandale et le chantage."

Sandra sentit son pouls s'accélérer.

Bon, qu'allait-il se passer... allaient-ils recourir au chantage avec William ? Non, ils l'avaient déjà menacé. Qui allaient-ils faire chanter ?

"J'ai une demande."

Il se tourna vers elle.

"Oui ?"

"Euh, il y a... William."

Il sourit.

"Ne vous inquiétez pas. Dave s'en occupe."

Elle poussa un soupir.

"Par contre, je pense qu'il y a quelqu'un dont vous devrez vous inquiéter."

Ses yeux se sont grand ouverts.

"Qui ?"

"Qui est Élisabeth Cunningham ? Dave dit qu'elle est sur la première liste de recrutement."

Sandra sentit un coup dans sa poitrine. Ça ne pouvait pas arriver. Elle n'était pas aussi proche de Lise qu'elle ne l'était de William, mais elle ne voulait pas non plus la voir devenir l'objet d'un chantage.

"Elle ne peut pas être menacée", dit-elle, plus pour s'affirmer que pour toute autre raison.

"Ils le savent, et c'est pourquoi il est indiqué qu'ils utiliseront le chantage pour la recruter."

"Ils n'ont rien pour faire chanter Lise."

"Tu crois ?"

Elle cligna des yeux.

"Oui ?"

L'instructeur se tourna vers Harry, puis vers Florence.

"Je suis sûr qu'ils ont quelque chose à vous dire."

Elle posa son dos sur la chaise et les regarda d'un air menaçant. Elle se mit sur la défensive. On parlait de Lise, là. C'est vrai qu'elle pensait que tout le monde avait un défaut, mais elle était prête à défendre Lise avec tous les moyens possibles.

Harry parla le premier.

"Eh bien, Élisabeth Cunningham et sa famille ont émigré en Europe il y a vingt-neuf ans. À l'époque, Élisabeth avait six ans."

Elle acquiesça. Elle n'avait jamais entendu parler de cette histoire auparavant, mais ce n'était certainement pas suffisant pour faire chanter quelqu'un.

"Sa mère avait du mal à s'intégrer dans le pays tout en élevant une fille. Quant au père, c'était un homme débordé qui dépensait son argent aux jeux.

Il n'était pas violent envers sa femme. Au contraire, il la soutenait quand il n'était pas ivre ou n'avait pas dépensé tout son argent au jeu. Par contre, il était abusif envers Élisabeth.

La petite fille n'était pas capable d'affirmer qu'il s'agissait de maltraitance. Elle a enduré ou plutôt, elle a tout refoulé."

Sandra fixa Harry du regard, peu impressionnée par cette histoire.

"Cela n'aurait pas été une lourde histoire si elle n'avait pas tué son père à l'âge de quinze ans, après qu'il ait avoué à sa femme et tenté de jouer les victimes."

"Si c'est ça l'histoire, alors je pense que le meurtre de son père pourrait être justifié par l'âge de Lise et les circonstances."

Harry hocha de la tête, et Florence continua le récit.

"Vous savez, Sandra, on a dû faire de pénibles recherches pour déterrer cette histoire. Artemis est en train de manipuler l'intrigue de mille et une façons. Dans leur version, Élisabeth tua son père durant sa révolte d'adolescence, et trois ans après, elle empoisonna sa mère. Bien que sa mère soit vraiment morte d'un empoisonnement, rien n'indique qu'Élisabeth était la responsable. C'est malheureusement un vide exploitable dans l'histoire, tout comme une page blanche, et vous pouvez me croire, Artemis ne se gênera pas pour salir cette nouvelle page avec cette version du récit."

Elle ferma les yeux.

"Pourquoi ont-ils besoin de ses services ?"

"Un tas de choses. Pour beaucoup de choses."

"S'ils ont Élisabeth, la cheffe du département d'enquête de VCN, ils auront William. Puis, s'ils trouvent un autre candidat éminent au sein des meilleures nouvelles agences, ils réussiront un sans-faute dans leurs opérations, sans qu'aucune trace ne soit gardée."

"Y a-t-il quelque chose que l'on puisse faire ?"

Florence croisa les bras. Harry, lui, craqua ses doigts. Tandis que Jeanne la barmaid et le professeur baissèrent tous les deux les yeux.

L'instructeur sortit un crayon.

"Nous ne pouvons pas les empêcher de recruter ces trois personnes de leur liste. Ils devront au final en choisir une."

"Et qui est la troisième personne ?"

Sa question posa un lourd silence, empreint d'extrêmes possibilités.

Est-ce Rake ? Ou Dave ? Est-ce quelqu'un que je connais ? C'est moi ? Pourquoi tout le monde est-il silencieux ?

Quelle est la troisième personne dont Artemis avait besoin ? Florence mentionna quelque chose à propos de l'agence de presse. La personne travaillait-elle dans les médias ? Ou bien était-ce la femme de William, Flora ?

Elle prit une grande inspiration.

"Qui est la troisième personne ?"

Le professeur ajusta ses lunettes et murmura quelque chose sur l'importance du suspense en littérature.

Sandra le fixa avec agressivité, sentiment qu'elle évacua par tous les pores de son corps.

“Zara Ibrahim.”

“Quoi ?”

S'il existait un jeu où l'on devait choisir entre mourir par pendaison, par balle, ou par noyade, que choisirait-elle ?

C'est tout ce à quoi Sandra pouvait résumer cette situation.

Comment allait-elle avoir le courage de choisir entre Lise, Zara et William ?

Pourquoi Artemis voulaient-ils Zara ? se demanda-t-elle, avant d’immédiatement deviner la réponse. Ils avaient besoin de quelqu'un comme elle.

Sandra aurait dû voir les choses venir. C’est évident, Zara était une ancienne employée de l'agence de presse VAN.

Est-ce pour cela que Zara lui demanda si elle connaissait Artemis ? Était-ce sa façon d'appeler à l'aide ? Ou peut-être un indice ? Pourquoi n'ai-je pas saisi ce que cela signifiait à ce moment-là ?

Elle resserra ses mains autour du volant.

Zara vécut une enfance et une carrière trop mouvementées, son esprit était trop futé pour se perdre entre les mains d’Artemis, peu importe la situation.

Puis Lise. Même si elle ne connaissait pas son histoire, elle ne la voyait pas faire partie d’Artemis. Il n'y avait déjà pas assez de femmes au sommet, pour qu’ils en perdent une de plus au profit d'un gang terroriste.

William. William avait tellement de raisons de vivre, il y avait Nancy, et Flora, c'était beaucoup.

Sandra inspira profondément. Elle ne pouvait choisir. Elle aurait préféré y aller elle-même, mais ce n'était pas une option.

Elle se gara devant sa maison. Tout semblait être infesté par Artemis. Partout où elle allait, elle avait l'impression d'être étouffée par leur flamme, et c'était la dernière chose dont elle avait besoin en ce moment. Pas lorsque ses pensées l'étouffaient aussi. Elle appuya sur l'accélérateur pour repartir.

Elle ne savait pas où elle allait, mais elle était sûre que conduire l'aiderait à clarifier ses pensées.

Elle baissa les vitres, et laissa la fraîche brise nocturne caresser sa peau pendant qu'elle conduisait vers l'inconnu.

Elle se souvint d'un endroit où elle alla souvent lorsqu'elle était en deuil. Mais elle n'était pas sûre de se rappeler comment y aller. Elle ferma les yeux, et relâcha sa prise sur le volant. Elle remonta la vitre puis augmenta sa vitesse.

Elle allait y arriver. C'était comme rentrer chez soi.

Les arbres se figèrent en raison de sa présence, du moins, le pensa-t-elle. Elle trouva ça drôle de se demander si la forêt se souvenait d'elle ou pas.

Sandra sortit de la voiture et avança à pas régulier vers la forêt. Elle jeta un dernier regard à sa voiture, qui serait couverte de grains de pollen et de poussière à son retour, mais ça ne la dérangeait pas.

Elle mit ses clés dans sa poche arrière, puis se traîna dans les bois. Elle supposa que c'était sombre et effrayant pour une personne ordinaire, mais pour elle, il n'y avait rien à signaler.

Sandra utilisa la lampe de poche de son téléphone pour éclairer son chemin. C'est alors qu'elle commença à entendre des voix.

Ça ressemblait à une dispute. Elle marcha dans la direction du vacarme, prenant soin d'éviter de faire du bruit de là où elle venait. Mais c'était inutile, notamment à cause des feuilles sèches et du sol couvert de limon.

Elle avança prudemment, luttant contre les souvenirs de sa dernière visite, où elle pleura la perte de sa famille et de son petit ami. Elle était restée un long moment, ayant même campé. Ça l'avait aidée à avancer, mais peut-être qu'elle aurait dû prendre plus de temps pour gérer sa perte et ses sentiments.

Peut-être qu'elle aurait dû... Si elle avait correctement fait le deuil de sa perte, elle n'aurait peut-être pas souffert autant de séquelles. Ou peut-être que si.

Personne ne pouvait le savoir.

"Couche-toi !", elle entendit quelqu'un crier au loin.

Elle fit une pause pour prêter plus d'attention.

"S'il vous plaît...", supplia l'homme.

"Où est l'argent ?"

"Je n'ai pas d'argent...", cria l'homme.

"Frappez-le. Il n'est pas prêt à avouer la vérité."

Elle rampa vers l'avant. Pendant son dernier séjour, elle n'avait pas croisé de voleurs armés, probablement parce qu'elle s'était aventurée bien plus loin que là où ils étaient maintenant.

"Laissez-moi partir !", cria l'homme.

"Pas avant que tu nous donnes ce qu'on veut."

"J'ai dit que je n'avais pas d'argent sur moi."

Sandra calcula la situation dans sa tête.

Elle ne pouvait pas laisser cet homme se faire torturer à mort par ces voleurs, mais d'un autre côté, elle savait que dans cet état, si elle s'approchait, ils seraient tous les deux tués.

Elle regarda autour d'elle pour trouver tout ce qu'elle pouvait transformer en arme.

Elle piétina une branche d'arbre tombée par terre.

Sans réfléchir, elle la ramassa puis éteignit la lampe de poche de son téléphone. En toute confiance, elle se dirigea vers eux.

Avant qu'elle ne franchisse la distance qui les séparait, une chose étrange se produisit.

Un gros oiseau noir volait bas dans le ciel, frôlant le sommet de sa tête, effectuant par la suite deux cercles autour d'elle.

Puis, un faucon blanc l'a contourna trois fois, chassant l'oiseau noir.

Elle éternua, et comme elle l'eût craint, le son se propagea rapidement dans la forêt.

Les voleurs regardèrent dans sa direction, relâchant un peu l'homme. C'est maintenant ou jamais, pensa-t-elle.

Elle courut vers eux, leur lançant la branche.

Elle fut de suite touchée à la tête, tandis que l'homme s'enfuit.

Sandra sentit l'énergie s'échapper de ses jambes, et son corps perdant sa force. Elle tomba lentement sur le sol, alors que sa vision virait au blanc.

Mais où est la boule de feu des Leo ? N'ont-ils pas dit qu'elle protégerait toujours les leurs ?

Peu à peu, sa conscience céda et ses membres s'engourdirent. Elle sentit ses yeux se fermer, ce qu'elle laissa faire à contrecœur.

Une fois ses paupières closes, Sandra ne fut pas envahie par l'obscurité qu'elle s'imaginait, mais par une sorte d'atmosphère grise.

Elle tremblait de peur et ressentait un froid terrible. Où suis-je ? Que se passe-t-il ?

Elle se disait que si elle était morte, alors pourquoi pouvait-elle encore ressentir et penser ? Pourquoi se sentait-elle inconsciemment consciente, ou était-ce cela la vie après la mort ?

Que se passait-il ?

Une forte brise soufflait sur elle. Une brise violente et poussiéreuse.

Sandra mit sa main sur son visage, avant de jeter un coup d'œil à ce qui l'entourait.

Elle commença à voir beaucoup de gens, et elle en connaissait la plupart. Elle repéra de vieux amis.

Elle était impatiente de savoir ce qu'ils faisaient ici, et comment ils étaient arrivés là. Est-ce que tous ceux qui mourraient avaient l'occasion de se rencontrer ?

Elle se dirigea vers eux pour attirer leur attention.

Mais... Sandra, en état de choc, resta figée.

LA REINE AUSTÈRE

Un homme d'une cinquantaine d'années était confortablement assis avec sa tasse de café à ses côtés. Il portait un tee-shirt bleu, un magazine à la main et avait les jambes croisées.

“Papa ?”

Il se tourna vers elle.

Des larmes inondèrent le visage de Sandra.

Elle n'arrivait pas à définir ce qu'elle ressentait - nostalgie, douleur, tristesse, bonheur, colère et regrets. Il y avait trop d'émotions surgissant simultanément. Tout ce qu'elle savait, c’est qu'elle marchait consciemment vers lui.

Son père était devant elle et ses frères et sœurs se mettaient à table. Était-ce un rêve ?

Chaque pas qu'elle faisait semblait plus lourd que le précédent. Elle n’arrivait pas à croire tout ce qui se passait. La mort permettait donc les retrouvailles, ou était-ce un cas particulier ? Elle se souvint de son enfance avec son père, un père le plus souvent débordé, et elle se demanda si elle devait courir vers lui ou l'observer de loin comme elle l’avait fait pendant la majorité de son enfance. C'était un homme très pris, et les deux n'avaient presque jamais de temps ensemble, puis maintenant… Devait-elle se précipiter vers lui ou était-ce un canular ?

Pendant qu'elle y songeait, elle observa de nouveau son entourage. C'était très animé. Des gens se livraient à diverses activités qui, d’après les ressentis de Sandra, donnaient l'impression de vouloir juste passer le temps. Leurs activités semblaient banales.

L'atmosphère était plus froide que sur Terre, et les nuages avaient une teinte rosée, et légèrement orange.

Elle regarda sur son côté puis s'arrêta soudainement - un autre choc l'attendait.

Elle vit son amant, calme et debout, souriant comme s'ils ne s'étaient jamais séparés.

"Rien n’est vrai !", cria-t-elle.

"T’es mort il y a longtemps...”

Elle jeta un coup d'œil à son père et à ses frères et sœurs. Était-ce un jeu ? Qu'est-ce qui se passait ?

Au début, Sandra était trop stupéfaite pour le remarquer, mais après avoir fixé de nouveau son amant, elle commença à se rendre compte de la situation.

"Tu es morte aussi."

Elle regarda autour d'elle.

"Vous êtes tous morts."

C'est alors que Sandra perdit son courage. Elle était morte, et elle n'était plus en mesure de tenir la promesse qu'elle s’était faite de protéger les personnes qu'elle aimait.

La prise de conscience envahit sa poitrine d’une fulgurante douleur.

“Pourquoi est-ce que ça m'arrive à moi ?”

Elle lâcha un grand hurlement, seulement porté par ses pleurs.

Elle n'arrivait pas à y croire. Elle tomba à genoux, mit ses mains sur son visage en essayant de penser que c’était un rêve, mais quand elle les retira, rien n'avait changé - c'était le même endroit avec les mêmes personnes.

Elle leva les yeux et, regardant droit devant elle, fixa son regard sur une silhouette floue pas très lointaine.

C'était une jeune enfant, une petite fille d'environ quatre ans.

"Nancy ?"

Sandra secoua fortement la tête.

"Ce n'est pas vrai ! Nancy ne peut pas être morte, ça ne peut pas arriver. Je n'arrive pas à croire qu'Artemis ait gagné si facilement. Je ne veux pas le croire."

Elle se mit sur ses pattes. Tremblante, elle pouvait à peine tenir debout, elle essayait de marcher vers la petite silhouette.

"J'aime beaucoup cet ours en peluche, Sandra."

C'était la voix de nul autre personne que Nancy, la petite de William, sa filleule. C'était Nancy.

Elle l'entendit venant de derrière.

Elle se retourna, mais elle n'a rien vu. Quand elle regarda de nouveau devant, la silhouette avait disparu.

"Ce n'est pas possible. Je ne veux pas y croire. Je n'accepterai pas de perdre si facilement sans me battre."

Elle commença à sentir la rage frémir dans tout son corps, tout en s'efforçant de marcher dans des directions aléatoires, mais elle n'y parvenait plus. Peu importe combien elle avançait, elle finissait simplement au même endroit. C'était comme un champ infini.

"Je ne veux pas de ça !" cria-t-elle alors que la peur prenait le dessus sur ses émotions.

Sandra courut vers l'endroit qu'elle pensait être le chemin d'où elle est venue, mais plus elle courait, plus elle sentait que ses efforts étaient inutiles.

Elle ressemblait à une folle - courant, pleurant, criant, ressentant de la colère, de la peur et du désespoir. Elle n'était plus elle-même, et elle n’arrivait pas à se ressaisir.

"Ce n'est pas possible ! Ce n'est pas possible !" se répéta-t-elle sans cesse.

Dans le désespoir, Sandra frappa accidentellement un homme au visage. C'était le premier instant où elle sentit sa force dans cet endroit. Plongée dans sa folie, elle commença à frapper toutes les personnes sur son chemin. Plus elle frappait, plus elle se sentait forte. C'était étrange, mais pour elle, cela semblait être le seul moyen de surmonter la situation.

Pleurant, frappant, criant, se demandant pourquoi cela était arrivé, Sandra continua sans se rendre compte qu'elle était en train de frapper ses agresseurs, ceux qui torturaient l'homme dans la forêt, et, qu’en fait, elle était de nouveau dans les bois.

Était-elle vraiment de retour ?

Ses agresseurs étaient déjà morts, mais cela ne l'a pas arrêtée, elle ne savait plus qui elle était. Et puis elle secoua sa tête et s'arrêta brusquement.

Qu'est-ce qui se passe ? Qu'est-ce que je fais ? Comment je suis revenue dans les bois ?

Elle tremblait à la fois de colère et de peur. Ses mains étaient pleines de sang, mais pas que.

Sandra était sous le choc.

Elle ouvrit grand les yeux en face de ce qu'elle avait fait.

"Qu'est-ce qui m'arrive ?" cria-t-elle.

Elle regarda ses mains, et remarqua qu'un de ses ongles cassés se réparait juste sous ses yeux.

Elle serra fort sur ses mâchoires, fermant la bouche pour s'empêcher de crier.

Ça ne pouvait pas être elle. Elle ne pouvait pas être la cause d'un tel massacre. Sandra cria à pleins poumons puis s'évanouit.

Une infirmière entra dans sa chambre, lui souriant.

"On pensait vous avoir perdu."

Avant de pouvoir dire un mot, elle entendit une autre voix dans sa tête.

"Partez d'ici le plus vite possible."

Elle écarquilla les yeux. Ce n'était plus Sandra.

La voix était forte et féroce : "Nous avons du travail à faire", répéta-t-elle.

"Mais nous devons attendre d'être autorisés à sortir", répondit Sandra.

Énervée, elle fit le point avec elle-même. Est-ce ainsi que je vais vivre dorénavant ? se demanda-t-elle.

Beaucoup de questions trottaient dans son esprit, non seulement à cause de la voix qui s'y trouvait, mais aussi à cause de ce qui se passa dans les bois.

Comment est-elle entrée dans l'hôpital ?

Que s'est-il passé avec les corps ?

Allait-elle être arrêtée ?

Qui l'a trouvée ?

Sandra prit une profonde inspiration, et se posa une dernière question avant de se rendormir...

Mais que s'est-il passé ?

La fin... Vraiment?

A PROPOS DE L'AUTEUR

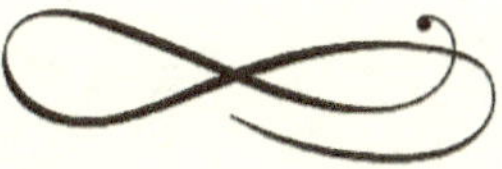

"La vie peut consister davantage à se compléter soi-même et les autres"

Darwin Arraiz est l'auteur de "**La Reine Austère : En Traversant la Porte**", le premier d'une série de romans à succès.

Il est développeur de logiciels professionnel, designer, décorateur, batteur, cuisinier, cordonnier, enseignant, et maintenant il s'aventure en tant qu'écrivain de livres, et vous en faites partie, une partie très importante pour être honnête.

Cela a été un voyage de plus de trente ans, mais l'âge n'est pas un obstacle pour les âmes consentantes.

Maintenant, vous en savez un peu sur lui.

N'oubliez pas que vous pouvez envoyer vos commentaires à Darwin Arraiz à son adresse mail **contact@darwinarraiz.com**.

www.ingramcontent.com/pod-product-compliance
Lightning Source LLC
LaVergne TN
LVHW050934080826
845145LV00004B/1256

* 9 7 8 1 6 4 9 5 3 3 5 7 9 *